小学館文庫

カール・エビス教授のあやかし京都見聞録

柏井 壽

小学館

目次

カール・エビス教授のあやかし京都見聞録

第一話　宗旦狐《そうたんぎつね》

1

縁側には穏やかな春の日差しが降り注ぎ、どこからともなくウグイスの鳴き声が聞こえてくる。

「せんせ、お茶にしまひょか」

九条葵《くじょうあおい》のやわらかな声に、我に返った。

ここは夢に見た桃源郷などではなく、京都の我が家だったのだ。

デニム地のスカートに白いシャツは、うちに来るときの葵のお決まりのスタイルらしいが、三十路《みそじ》目前にして、この格好だと現役の女子大生に見えるから、日本の女性は恐ろしい。テレビで見かけるアイドルタレントとは正反対の、地味な顔立ちで化粧も薄く、一見すると影が薄いように見えるが、わたしには京美人の典型のように思える。

「今日はどんなお菓子が出てくるのか、愉《たの》しみだ」

あぐらをかいたまま、庭から葵へと身体《からだ》の向きを変えた。

この作務衣《さむえ》という衣服はとても快適で、イギリスで Monk's working clothes と称して売られていたものとは、まったく別ものだ。

久留米《くるめ》の生地で仕立てられたという、紬《つむぎ》の作務衣は肌触りもよく、淡い紺の色合いも気に入っている。京都に移り住んでから、家にいるときは、もっぱらこの作務衣で過ごしているのである。

わたしの名は、カール・エビス。

生まれはアーサー・コナン・ドイルと同じくエディンバラ。成人するまではビートルズの出身地で知られるリヴァプールで育ち、その後はずっと霧の都ロンドン暮らし。

くしくもドイルの生誕百年にあたる、一九五九年五月二十二日生まれ。日本ふうに言えば還暦だ。ロンドンで暮らしていたころは、ドイルを真似《まね》て口ひげをたくわえていたが、太って見えるので、日本に来てからバッサリ落とした。若いころはジョージ・ハリソンそっくりと言われたものだが、日本では太った野口英世《のぐちひでよ》だとよく言われるので、つい千円札から目をそむけてしまう。

京都を、いや日本を代表する〈京洛《きょうらく》大学〉から、文学部教授として招かれたことは、我が人生最大の慶事といってもいい。長いあいだの憧れであった京都に、今こうして住んでいるのが現実だと思えないときがある。

この家で京都暮らしを始めてから、ちょうど半年が過ぎた。それまでの六年間を過ごした無機質な東京に比べれば、夢のような毎日である。

あちこち傷んではいるが、憧れの庭付き京町家を借りることができたのは、わたしの京都暮らしをどれほど豊かにしてくれていることか。

日本の古典文学を研究している〈京洛大学〉のわたしの教室で助手を務めてくれている葵が、まるで家政婦のような仕事まで引き受けてくれているのは、ありがたい限りだ。

今朝は流しにたまった洗いものを片付けたあと、抹茶を点《た》ててくれ、『出町《でまち》ふたば』で買ってきたという豆餅を古伊万里の皿に載せて、縁側に座るわたしの前に置いた。

「せんせはほんまに日本の食べもんがお好きなんどすねぇ」

「ロンドンに住んでるころから日本の食べものばかりを食べていたからね。週に五日は日本食レストランで食事をしていたし、ティータイムには決まって『虎屋《とらや》』の羊羹《ようかん》を食べていたよ」

デジカメのアングルを変えて、何枚か豆餅の写真を撮った。

それにしても、この豆餅は本当に美味《おい》しい。東京では豆大福と呼んでいて、何度か食べたこともあったが、それとは比べものにならない。豆の塩気と餡子《あんこ》の甘みが絶妙に絡みあって、それを包みこむ餅の舌触りが、なんとも言えず艶っぽい。和菓子は京都に限る。

「せんせは、なんでそない日本の食べもんが気に入らはったんどす？」

葵は黒文字を器用に使って、豆餅を半分に切った。

「きっかけは日本の古典文学だな。わたしの専門分野の〈平家物語〉には、それほど食べものが多く出てくるわけではないが、この登場人物はどんなものを食べていたのか、そう思って日本食の店に食べに行ったりするうちに、大好きになってしまったというわけさ」

「イギリスでも日本料理のお店は、たんとあるんどすか」

「たいていの日本料理はイギリスでも食べられる。特にロンドンは和食の店が山ほどあるよ。ラーメンから江戸前鮨《えどまえずし》、それに京料理までね」

「けど、京都でイギリス料理のお店て、あんまり見かけへんのどすけど」

「そう言えばそうだ。ちょっと不公平だな」

わたしは音を立てて抹茶を飲み切った。

「もう一服いかがどす？」

葵がポットのふたを開けて、湯の量をたしかめた。

「ちょうだいいたします」

お代わりを所望するときは、お茶の先生に倣って、うやうやしく答えることにしている。

「そうそう。辰子《たつこ》先生が心配してはりましたえ。二回続けておけいこ休まはったんでしょ」

「風邪気味でね、なんだか熱っぽかったものだから、先生に移しちゃいけないと思って」

「せんせが風邪気味のときて、そんな日ぃ、おましたかいなぁ」

葵がちらりとわたしの顔を見た。

こういう物言いをさせたら、京おんなの右に出る者はいない。わたしがお茶のけいこをずる休みしたことを分かった上で、やんわりと嫌味を言うのだ。

京都に住むようになってから、茶道の必要性を強く感じるようになったわたしは、お茶を習い始めた。葵が紹介してくれたのは裏千家の師範で、下鴨《しもがも》に住む小石原《こいしばら》辰子という、わたしと同年輩の女性だ。言葉こそやわらかいが、お茶の指導は厳しい。ときには茶杓《ちゃしゃく》でピシリと手の甲を打たれることもある。

だからというわけでもないのだが、億劫《おっくう》になって、つい休んでしまうこともあるのだ。

京都の良家の子女らしく、葵は中学に入ると同時に入門したそうだから、きっと厳しい指導を受けてきたのだろう。茶の点て方も堂に入ったものだ。

唐津《からつ》の抹茶碗《わん》、輪島塗《わじまぬり》の棗《なつめ》などは、小川通の茶道具屋で、葵が見立ててくれた。

「お干菓子は『鍵善《かぎぜん》』さんどす」

懐紙を敷いた木皿の上には、梅を模《かたど》った干菓子がふたつ載っている。なんとも繊細な意匠だが、どことなく葵の横顔に似ているように思う。見比べて二度シャッターを切った。九条という姓にふさわしい気品は横顔にも表れるのだ。

近衛《このえ》家、二条《にじょう》家、一条《いちじょう》家、鷹司《たかつかさ》家と並んで、五摂家のひとつに数えられる九条家は、かつての公家《くげ》を代表する名家である。

葵は、その九条家の末裔《まつえい》だ。由緒正しい家で育ったせいか、今どきの女性にしては古風な顔立ちをしている。〈源氏物語〉に登場する女性たちは、おそらくこんな顔立ちだったのではないかとわたしは思っている。

母国イギリスでは、カール・エビスと言えば誰もが知る小説家だが、京都でわたしのことを知る人はほとんどいない。

〈平家物語〉をモティーフにした作品で、権威あるブッカー賞の最終候補作に選ばれたときなどは、日本のメディアがインタビューに来たくらいだが、惜しくも受賞を逃したせいで、さほど日本国内では話題にならなかったようだ。実に残念なことである。

平清盛《たいらのきよもり》の生涯を描いた内容には自信を持っているのだが、〈キヨモリ〉というタイトルがよくなかったか、残酷な場面をリアルに描き過ぎたか、受賞できなかったのは、そのどちらかのせいだと思っている。

次の作品は豊臣秀吉《とよとみひでよし》を主人公に、京都を舞台にした、壮大な歴史ミステリーを執筆しようと決めているのだが、その目的はまるで果たせていない。それは、憧れの京の町家暮らしが快適すぎるからでもある。

「教授！　カール教授、ご在宅ですか」

庭の梅の木の向こうから響いてくる男の声は、せっかくの茶人気分を台無しにしてくれた。顔など見るまでもない。声の主が三回生の栗原直人《くりはらなおと》だということはすぐに分かった。

「九条くん」

目くばせすると、葵は苦笑いを浮かべてから立ち上がった。

「はーい。どちらさまです？」

分かっているくせに訊《たず》ねるのも、イケズな京都人の習性らしい。

栗原は〈平家物語〉を詳しく学びたいといって、わたしの教室に入ってきた優秀な学生なのだが、まじめすぎてわたしの好みには合わない人物である。ただ、向こうはわたしのことが気に入っているらしく、しょっちゅうこうして訪ねてくる。

「せんせ、これ」

葵が手にしているのは、二本の葉付き大根だ。

栗原は鹿児島の錦江町《きんこうちょう》出身だということで、農家である実家から野菜が送られてくるたびに、おすそ分けだと言って持ってきてくれるのだ。これがしかし悔しいほどに旨《うま》いのである。今日の大根は風呂吹き大根にしてもよさそうだが、おろして蕎麦《そば》に掛けても旨そうだ。

貰《もら》いものをしたら、ちゃんと礼を言わなければいけないのは、イギリスも日本も同じだ。

「いつもすまないね。重かっただろうに」

玄関の土間に立つ栗原に礼を述べた。

「とんでもありません。教授には美味しい野菜を食べてもらって、いつまでも元気でいてもらわないと」

エンジ色のジャージ姿の栗原は、ジョギングの途中だったようだ。撫《な》でつけた髪からは薄《うっす》らと整髪料の匂いが漂ってくる。顔に汗をかいているせいでフチなしの眼鏡が、いくらかずり落ちている。

「立派なお大根どすなぁ。うちの足みたいな貧相なもんやのうて」

葵が二本の大根を自分の足と並べた。

栗原は肯定も否定もせずに、ただ葵の顔をじっと見つめている。

「遠慮なくいただいておくよ。わざわざありがとう」

栗原はまだ何か言いたそうだったが、それとなく辞去をうながすと、渋々といったふうな顔を残して、玄関から出ていった。

「たまには上にあげたげはったらどうですのん。なんや可哀《かわい》そう」

葵の表情を見れば、本気でそう言っているのではないことが分かる。男女を問わず、京都人は心と言葉が必ずしも一致しない。半年暮らしてみて、ようやくそのことに確信を得たのである。

実は一度だけ栗原を上げたことがある。

〈平家物語〉のことで訊《き》きたいことがあると言って、夕方ごろにやって来た栗原と玄関先で立ち話をしていたのだが、かなり長引きそうになったので、お茶の一杯も入れてやらないといけないだろうと思って、座敷に上げた。

よほど嬉《うれ》しかったのだろう。栗原は長々と自説を披歴し、あまつさえわたしの〈キヨモリ〉をそれとなく批判するまでに至った。

最初は反論していたが、持続力に乏しいわたしは栗原の粘り強さに屈してしまった。けっして論破されたとは思っていないが、悔しい結果に終わったので、葵にはそのことは内緒にしてあるのだ。

「九条くんが可哀そうと言っていたと、栗原に今度伝えておくよ」

「またそんなイケズなこと言いはって」

葵が作務衣の袖を引っ張った。

そのとき以外、栗原がうちを訪ねてくるのは必ず葵がいるときだ。

偶然だと思えなくもないが、葵を見るときの栗原の視線に、何となく異質なものを感じることも少なくない。とは言え、国を問わず、若い男性が若い女性を見るときは、誰でもおなじなのかもしれないが。

「栗原とは古くからの知り合いなのかい？」

「いーえーな。せんせの助手をさせてもらうようになって、初めてお会いしたんどす。──きみが九条の家のお嬢さんだねー、て言うてあいさつして来はったさかい、てっきり父の知り合いかなんかやと思うてました。山際《やまぎわ》のおじのこともよう知ってはったさかい」

「そうだったのか。ずっと前からの付き合いだと思い込んでいたよ」

「前からも今も、お付き合いなんかしてませんえ」

葵が頬をふくらませた。

「失敬。そういう意味で言ったんじゃないんだが」

日本語は難しい。

「今日のご予定は？」

話を断ち切るように、荒々しく大根を新聞紙で包みながら、葵が訊いた。

「今日は『出町桝形《ますがた》商店街』を取材してこようと思っている」

「ただのお散歩も、せんせにかかったら取材になるんやさかい」

葵がくすりと笑ったのももっともな話で、京都の街を歩くのがあまりに愉しくて、小説家らしい仕事は、まだ何ひとつしていない。

古い寺や神社はもちろん観《み》て歩くが、市場や店を覗《のぞ》くと不思議なものがたくさん並んでいて、まことに愉しい。細い路地に入りこんで道に迷うのも京都という街ならではだろう。

「もう『錦市場《にしきいちば》』へは行かはらへんのどすか」

分かり切ったことを訊ねてくるのも、京都人の習わしだ。

「二度と行くもんか。わたしの期待を裏切った、あのクレイジーな市場には」

思いだしただけでも怒りがこみ上げてくる。京都に来て、いくつか期待外れな場所があったが、その最たるものが『錦市場』だ。狭い通りの両側の店から食べ歩きを奨《すす》めてくるなど、本当に品がない。

「昔はあんなことなかったんどすえ。うちが母に連れられて、おせちの材料を買いに行ったころは、子どもには近寄りがたい雰囲気どした」

わたしが思いを同じくする同志だということをたしかめて安堵《あんど》したのか、庭に目を移した葵は、昔を思いだすように小さなため息をひとつついた。

かつてエンペラーの住まいだったという『京都御所』にも歩いて行けるし、鴨川《かもがわ》にも近い。何より〈新夷町《しんえびすちょう》〉という町名が嬉しい。京都に移り住んで、新しいエビスになる。わたしにぴったりの場所だと即決で契約した。

昭和初期の建築だという古家はずいぶん傷んでいたが、少し手を入れただけで見違えるようになった。ただ、この家を最初に見たときに、唯一気に入らなかったのが、至極殺風景な庭だった。

無機質なブロック塀に囲まれたスペースには、スチール製の物置がふたつ並び、かつてはそこが子どもの遊び場だったことを示すように、手作りのブランコがぶら下がっていた。それはそれでノスタルジックな景色として、悪くない眺めだったが、わたしの庭としてはふさわしくない。

行きつけになった居酒屋の女将《おかみ》が紹介してくれた庭師は、とてもセンスがよく、日本庭園とまではいかないが、見ていて心が安らぐ庭に少しずつ仕立ててくれている。

「ええお庭になってきましたなぁ。お花もきれいに咲いてるし」

葵は庭に咲く白い椿《つばき》に目を遣《や》った。

昨日開いたばかりの花に気付くところに葵の育ちの良さが表れている。〈小督《こごう》〉という品種なのだそうだ。わたしは葵にそう伝えた。

「うちも市場にご一緒しまひょか？」

少し間をおいてから、葵がわたしに顔を向けた。

「ぜひとも」

いい年をした男が、それも外国人がひとりで市場をうろつくなど、あまりみっともいいものではない。若く美しい女性とふたりなら申し分ない。

「着替えるので少し待っててくれるかな」

水屋に茶道具を仕舞いながら、葵はこっくりとうなずいた。

2

作務衣のままでも外出できるのだが、それだと僧侶に間違えられそうなので、作務衣は家の中だけにしている。

意識したわけではないが、ジーンズに白いシャツというペアルックのようになってしまったのは少しばかり照れくさい。わたしは素足に茶色のローファー、葵は白いミュールサンダル、と履物だけは違う。

「どうかしはりました？」

塀越しに我が家の梅を撮ろうとして、記録カードが入っていないことに気付いた。

「おかしいな。さっきまで入っていたのだが」

玄関周りの足元を見回した。

「だいじなお写真が入ってたんどすか？」

葵も一緒になって捜してくれたが見つからない。写真はぜんぶパソコンにインポートしてあるから困ることはないのだが、余計な出費を強いられる。

「新しいカードを取ってくるから、少し待っててくれ」

「どうぞごゆっくり」

つまらないことで出がけにつまずくと、なんとなく気分が落ち込んでしまうが、それを払しょくしてくれるのは葵の役割だ。

「ぼちぼちお陽《ひ》ぃさんが強ぅなってきはった」

まぶしそうに目を細めた葵は、レースの日傘を開くかどうか迷っているようだ。開けば相合傘になるだろうし、それを避けて、自分だけが傘の内に入るのも、よそよそしい。葵の気持ちはきっとそんなところだろう。

結局、葵が傘を開くこともなく、わたしたちは『京都御苑《ぎょえん》』を抜けて、寺町通から『出町桝形商店街』に入った。

アーケードがあるところは錦市場と同じだが、こちらのほうが道幅は広いから断然歩きやすい。呼び込みの声もほとんどなく、のどかな空気が漂う商店街だ。

「ここは初めてどすか？」

葵が訊いた。

「いや、二度目だ。だけどこの前来たときは、夕方遅くだったから、ほとんどの店が閉まっていた。こんなにたくさんのお客さんは歩いてなかったよ」

斜めに掛けた、小さなショルダーバッグからデジカメを取りだした。

「錦とはぜんぜん雰囲気が違いますやろ」

「外国人が食べ歩いたりしていないのがいいね」

両側の店に向けて立て続けにシャッターを切った。

「せんせも外国人ですがな」

葵がわたしの肩を小突いた。

「わたしはあんなみっともない真似はせんよ」

少しばかり声を大きくしたので、前を歩くおばちゃんが振り向いた。

「ここは近所のおばちゃんばっかりですわ」

葵が小声で言った。

葵の言うとおり、この市場には外国人観光客などほとんどいない。つまりは見物しに来るのではなく、買い物を目的として訪れる客ばかりなのだ。それでこそ市場だ。名ばかりの市場で、ただの観光スポットになり下がった錦市場と違って、ここでは客と店が真剣にやり取りしている。

「いい魚を売ってるな」

アーケード街になった商店街に入ってすぐ右側にある魚屋に、わたしは目を奪われた。茶色い暖簾《のれん》には〈天然魚〉と染め抜いてある。

「ひと汐《しお》もんも美味しそうどすな」

店に入りこんで、葵が白身の魚に目を留めた。わたしの記憶に間違いがなければ、若狭《わかさ》の鰈《かれい》だ。

「よかったら二枚で千円にしときまっせ。旦那さんの晩酌用にどうです？」

「うちはまだひとりもんどす」

葵が頬を膨らませた。

「えらいすんまへん。てっきり……」

上目遣いにわたしを見た、魚屋の大将があとの言葉を飲みこんだ。

お店の人に許可をもらって、あちこちの写真を撮っていると、豆腐屋で買い物をしている着物姿の若い女性がファインダーに入り、思わずシャッターを切った。

利休鼠色《りきゅうねず》というのだろうか、銀色に光る着物に黒無地の帯。目つきこそ鋭いものの、これぞ京美人といった風情を醸しだしている。

京都に、いや日本に来て初めて出会った、といってもいいほど美しい。わたしはしばしこの女性から目を離すことができなかった。

切れ長の目はひとえまぶたで、V字型に近い赤い唇は妖艶を通り越して、怖いほどだ。まぶしいくらいに白い頬は、高い頬骨を強調するかのように、きらりと光っている。

わたしの小説のなかに、是非この女性を登場させたい。そう思って、一歩女性に近づこうとした瞬間、葵に腕をつかまれた。

「おなごはんを、そないじっと見つめはるのは失礼どすえ。せんせのこと、見そこないましたわ。お先に失礼」

わたしを突き放すようにして、葵はいきなり踵《きびす》を返して帰っていった。しまった。

わたしは葵を怒らせたことより、女性を見失ってしまったことを悔やんだ。

「すみません。今ここで買い物してらした女性はどちらへ行かれました？」

豆腐屋の女将らしき年輩の女性に訊いた。

「さあ。どっちへ行かはったんやろ。いつものことですわ。お揚げさんを十枚買《こ》うて、お金払《はろ》うたら、さっと消えてしまわはりますねん」

女将は少々背伸びをして、辺りを見回した。

「週に三回は来はるかなぁ。決まってお揚げさん十枚買わはります。べっぴんさんどっしゃろ」

主人らしき男性が、小声で言葉を足した。

わたしも油揚げは好物だが、京都の油揚げは大きいから、一度に一枚も食べ切れない。十枚とはよほどの大家族なのだろうか。

「あ。あそこや」

豆腐屋の女将の視線の先に女性の背中があった。たしかにあの女性だ。市場を出ていこうとする後ろ姿を夢中で追いかけた。

女性が歩く寺町通は車こそひんぱんに通るが、歩く人はほとんどいない。北に向かって歩く女性の背中を見失わないように、慎重に後をつけた。

それほど早足には見えないのだが、少し歩みを速めても、まったく距離は縮まらない。まるで逃げ水のようにすーっと消えて、そしてまた遠くに姿を現す。どうしても追いつけないのがなんとも不思議だ。

上立売通《かみだちうり》を西へ曲がった女性は少し歩く速度をゆるめたようだ。いくらか距離が縮まったことで、胸が昂《たか》ぶってきた。風景を撮るふりをして、女性の後ろ姿を撮影するのは少々後ろめたい。

と、そのときだった。立ち止まった女性が、くるりと振り向いた。気付かれたのだろうか。わたしも立ち止まった。

五十メートルほど離れていたから、顔ははっきり見えないが、口角を上げて薄笑いを浮かべたような気がした。

そのまま立ち止まっているのもおかしいので、ゆっくりと歩きだした。すると女性も何ごともなかったかのように、また西に向かって歩きはじめたのだ。

銀色の着物と黒い帯。それだけを視界に入れ、近づき過ぎず、離されずに歩くうち、やがて女性は東門から『相国寺《しょうこくじ》』の境内へ入っていった。

そうか、寺方の人だったのか。それなら油揚げ十枚という買い物も納得がいく。どこかの塔頭《たっちゅう》の奥方なのだろう。

そう思ったことで油断してしまったのか、あっという間に女性の姿が視界から消えてしまった。まさに、忽然《こつぜん》といった感じだ。

どの塔頭に入り込んだのか。順番に注意深く覗きこんだが、それらしき人影はまったく見当たらない。

見つけたとしても、何をどうするものでもない。だから見失ったとしてもなんの問題もないのだが、京都に移り住んでから、いや日本に来てから、これほど落胆したことはない。

ランチを食べに行く気持ちも失《う》せ、商店街に戻り、この前に来たときと同じ『満寿《ます》形屋《がたや》』で鯖寿司《さばずし》を買って帰った。

いつものように、家に戻るとすぐ作務衣に着替えた。

縁側であぐらをかき、肉厚の鯖を噛《か》みしめながら、あの女性のことを思いだす。逃がした鯛《たい》は大きい。たしか日本にはそんな諺《ことわざ》があったはずだ。

塀の上に寝そべっている黒猫と目を合わせると、にゃーとひと声鳴いて向こうに跳び下りた。

3

その夜わたしは、行きつけにしている先斗町《ぽんとちょう》の店の暖簾を潜《くぐ》った。

鴨川のすぐ西側を南北に貫く先斗町通は三条から四条までのあいだだけの短い通りなのだが、存在感はきわめて大きい。京都には五つの花街があるのだが、そのひとつに先斗町も数えられている。

毎年師走に行われている吉例《きちれい》顔見世興行は、本来四条川端に建つ南座を舞台にするのだが、耐震工事中には、先斗町の歌舞練場で開催されたこともある。そんな由緒ある花街なのだ。

車はもちろんのこと、自転車が通ることもない細い通りの両側には、たくさんの飲食店が軒を並べていて、祇園《ぎおん》よりずっと気軽な雰囲気だ。

〈小料理フミ〉があるのは、そのちょうど真ん中辺りで、通り抜けできない路地の突き当たりに暖簾をあげている。

この店を紹介してくれたのは、〈京洛大学〉文学部長の山際淳一《じゅんいち》だ。京都の店によくある一見《いちげん》さんお断り、というほど厳格ではないものの、紹介者のいない一見客はたいてい断られるという。

「おこしやす」

白い割烹着《かっぽうぎ》を着た女将の増田《ますだ》フミさんは、たしか七十を超えているはずだが、声も顔もつやつやしている。

白木のカウンターはL字型になっていて、席の数はぜんぶで八つ。空いていればの話だが、わたしが座るのはいつも右奥の端っこだ。そこには一年中おでんの鍋が置かれていて、フミさんはその前に立っている。今夜は運よくいつもの席に座ることができた。

「べっぴんさんと仲ようおなりやしたん？」

熱々のおしぼりを手渡しながら、フミさんが訊いてきた。

京都という街は怖い。わたしの昼の行動がもう伝わっているのだ。学部長の山際と九条家は遠縁に当たるということだから、おそらくはそのルートで、葵からフミさんに伝わったに違いない。

「残念ながら」

和紙に書かれた品書きを見ながら両肩をすくめた。

「お国に奥さんがおいやすんやろ。悪さしたらあきまへんえ」

銅製のおでん鍋の中に菜箸を入れながら、フミさんがにらみつけてきた。

たしかにロンドンにワイフがいるのだが、実質的な夫婦関係はとっくに破綻している。そうでなければ、こうして京都に住んだりはできないのだが、余計なことは言わないのが京都流だ。

「お酒を常温でください。あと、おでんを適当にみつくろって」

いつもどおりの注文を済ませたところへ、川嶌葉子《かわしまようこ》が店に入ってきた。

赤いノースリーブのワンピースを着た葉子は、羽織っていた白いカーディガンを脱いで、トートバッグにふわりとかぶせた。

「エビス先生、お久しぶりです」

葉子は当然のようにして隣に座った。

寺町二条にある古書店〈竹林洞書房《ちくりんどう》〉の主人である葉子とは、古書を捜していて出会ったのだが、二度目に会ったのはこの店だった。

葉子はこの店の常連客で、古書好きのフミさんも〈竹林洞書房〉の顧客だそうだ。

そして葉子は古書の買付を通して、九条家とも長い付き合いだというのだから、京都という街の住人は複雑に絡みあっている。

「何かいやなことでもあったのですか」

葉子がいきなり訊いてきた。

「どうしてそんなことを？」

いつもの〈月の桂《かつら》〉のにごり酒を手酌で飲みながら、葉子の顔色を窺《うかが》った。

「なんとなくそんな気がしただけです」

意味ありげな笑みを向けてから、注《つ》がれたばかりの生ビールを、葉子は一気に飲みほした。

やはり葉子は葵から今日の話を聞いているようだ。まさか、とも思うが京都ならあり得る話だ。この街は本当に油断ができない。

仕方なく葉子とフミさんに、今日のできごとを包み隠さず話した。

「宗旦狐《そうたんぎつね》はんと違うやろか」

フミさんがそう言った。

「ソウタンギツネ？」

初めて聞く日本語に、持てるだけの想像力を働かせたが、何も頭に浮かんでこなかった。

「『相国寺』の〈宗旦稲荷《いなり》〉さんへは、まだお参りされてないのですか」

　葉子が訊いた。

『相国寺』の中にお稲荷さん？　お寺なのに神社があるのか。葉子の問いに黙って首を横に振った。

「今は街なかにありますねんけど、昔の『相国寺』はんて言うたら山里どしたんや。狐やら狸《たぬき》はなんぼでもおったさかい、あこらの人はよう騙《だま》されはったんやそうどす」

　わたしはフミさんの話に聞き入っていた。

「千利休《せんのりきゅう》の子孫に、宗旦という茶人さんがおられたことは、エビス先生もご存じですよね」

　生ビールのお代わりを受け取って、葉子が訊いてきた。

　千宗旦のことならまったく知らないわけではないが、それほど詳しくはない。あいまいな笑顔でごまかした。

「『相国寺』はんでお茶会をしはるんやけど、お忙しい宗旦はんは、よう遅刻してきはる。けど刻限になったら、宗匠がちゃんとお点前《てまえ》をしてはりますねん。不思議やなぁ、と皆が思うてたら、これがなんと狐の仕業やった。宗旦はんに化けられるくらいに、お点前が上手な狐やったんどすなぁ」

フミさんの話を聞いていると、それはまるで昨日のできごとみたいだ。

「あまりに見事なお点前だったので、誰もが宗旦だと思い込んでいた。狐にしてはあっぱれだということで、この狐は宗旦狐という名前をもらって、みんなから可愛《かわい》がられました。でも、所詮人間とは違うわけで、あるとき、狐に騙されたと叫んだ人間に追われ、井戸に飛び込んで、その狐は死んでしまいました。それを不憫《ふびん》に思ったお坊さんたちが、ねんごろに弔って〈宗旦稲荷〉という社《やしろ》を建てたというわけです」

フミさんの話を引き取った葉子の話は、どこまでが伝説で、どこからが現実なのかが分からない。

「〈宗旦稲荷〉はんには、たいていお揚げさんが供えてありますんやけど、猫か犬かが取っていくんどっしゃろか、しょっちゅうなくなります。そんなときに近所のお豆腐屋さんで買うて、お供えする人がやはる。きっと宗旦狐の母狐と違うやろか。みなでそう噂《うわさ》してますねん」

フミさんが染付の丸皿に盛ったおでんをわたしの前に置いた。

分厚い大根はべっこう色に染まっていて、東京ではシラタキと呼んでいた糸コンを載せている。生麩《なまふ》にタコ、ちくわに厚揚げと好物が湯気を立てている。

「千宗旦と言えば、たしか安土桃山時代の人ですよ。そのニセモノ狐が存在していただけでもおかしいのに、その母狐が今の時代に生きていて油揚げを買いにくるなんて」

ふたりの女性には申し訳ないが、わたしは鼻で笑うしかなかった。

「エビス先生はまだ京都のこと、ちゃんと分かってはらへんのどすな」

フミさんが首をかしげると、葉子はこっくりとうなずいた。

「先生と初めて会ったときのこと、覚えておられますか」

葉子がわたしに身体を向けた。

「忘れるわけがないだろう。ずっと捜し続けていたミシマの初版本を見つけたときの感動は、あなたの笑顔と重ねて、この胸の中にしまってある」

グラスを上げて、フミさんにお代わりを頼んだ。

「さすが文学者さんだけあって、じょうずにおっしゃいますね」

葉子も同じ仕草をしてビールのお代わりを頼んだ。

「それが今の話と？」

葉子がなぜそのときの話を持ちだしたのか、その意図が分からない。

「あのとき言いましたでしょ。捜しものは必死になって見つけようとしても見つからない。偶然出会うのが京都という街なんです、って」

そう言われて思いだした。憧れといってもいいほど心酔していた、ミシマのサインまで入った初版本に夢中で、葉子の言葉はほとんど耳に入らなかったが、家に帰って頭に浮かんできたのは、偶然出会う、という葉子の言葉だった。

「捜しちゃいけない。追いかけちゃいけない。京都はそういう街だということなのかな」

「そうどっせ。追いかけたらあきまへん。追いかけたら逃げますねん。若いおなごはんでも、そうどっしゃろ」

フミさんが顔を向けると、葉子はわずかに顔を赤らめた。

こういうときの京都人どうしのやり取りは、なかなかよそものには理解しがたい。が、ふと気になったのは葉子のことだ。最初に会ったときから、葉子はずっと標準語で話していて、京都弁を使ったことがない。京都人ではないのかもしれないのだが、そんなことを訊けないのも京都という街だ。

「京都いうとこは、時間があってないようなとこどす。宗旦はんの時代も今もおんなじどすねんわ」

フミさんの言葉には説得力がある。ときとして時空を超えるのが京都なのだ。

「そうそう。さっきの女性だけど、こんな人だったよ」

バッグからタブレットを出して、今日撮った画像をディスプレイに映しだした。

カウンターの中からはフミさんが、隣の席からは葉子が覆いかぶさるようにして、ディスプレイをじっと見つめている。十数枚はあると思うのだが、隠し撮りのようにして撮ったせいもあって、どれもピントが甘く、はっきりと顔は写っていない。

「どこぞで見たことあるような、ないような」

食い入るように見ていたフミさんが顔を上げて、二度三度と首をかしげた。

「気のせいじゃないですか」

葉子は素っ気なく言ってグラスを傾けた。興味がないというのではなく、あえて見ないふりをしているように見える。ひょっとして、葉子には心当たりがあるのかもしれない。

魑《ち》魅《み》魍《もう》魎《りょう》と言えば、言葉が過ぎるかもしれないが、葉子もフミさんも、そして葵も、どこかしら妖気のような空気を秘めているように思うときがある。

おぼろげではあるが、少しばかり小説のヒントが浮かんできたような気がした。

「大学生のときだけ京都で過ごすつもりだったのですが、フミさんに出会ってしまって」

わたしが疑問を持ったことを見抜いたのか、問わず語りに葉子が言った。

「せっかく京都の大学に入らはったのに、卒業したらさっさと帰ってしまう。そんなもったいないことしたらあきまへん。『下鴨神社』の境内で開かれてた古本祭で出会《でお》うた葉子ちゃんに、いきなりそんな話をしてしもうて。びっくりしはったと思いますわ」

「たしかに驚きましたけど、あのときの出会いがなかったら、わたしはすぐ東京に帰っていたと思います。何も急いで帰ることはない。ようやく京都に慣れてきたばかりだもの。そう思いなおして何年経《た》ったでしょう」

葉子は冗談交じりに、フミさんと出会ったころを懐かしがっている。やはり葉子は関東の人間だったのだ。女性に歳《とし》を訊くのが失礼なのは日本も同じだから、正確には分からないが、おそらくは十年近く前の出会いなのだろう。

そう言えば、と思いだすのは半年前に京都に来たときのこと。

〈京洛大学〉から、そのときの住まいだった北山《きたやま》のウィークリーマンションへタクシーで帰るとき、ドライバーから名水を汲《く》める井戸があると聞いた。飲み過ぎて喉が渇いていたわたしは、少し遠回りをして『梨木神社《なしのき》』を訪れた。そのときに偶然見つけたのが今の新夷町の住まいだし、家政婦を捜さねばと思っていたときも、葵が自ら申し出てくれた。偶然にしてはできすぎた話だ。

この店も、葉子も、何かに導かれるようにして出会ったわけで、それが京都という街の特性であるなら、今日の出会いはどんな意味を持つのか。

捜してはいけないと言われると、余計に捜してみたくなるのが人情というものだろう。時計を見るとまだ七時過ぎだ。〈宗旦稲荷〉なるものを見てみたいというか、お参りしておかねばという気持ちが、夏の雲のようにむくむくと湧きあがってきた。

「そろそろお勘定を」

「どないしはったんどす？　お気分でも悪ぅおなりやしたんどすか？　まだおでんだけしか召しあがってまへんがな」

フミさんが驚いた顔をわたしに向けた。

思い立ったらすぐ行動に移さないと気がおさまらない性分は、この歳になってもまったく変わらない。

「そんなに急がなくても大丈夫ですよ。夜中でもお参りできますから」

葉子は驚くべき勘の良さで、わたしの考えていることを見抜いた。

「そうでっせ。しっかりお腹《なか》に入れるもんは入れて、お酒もたんと召しあがってからでも遅いことおまへんがな」

葉子の言葉で、フミさんもどうやらわたしの気持ちを察したようだ。

手渡された品書きから、〈鰆《さわら》の西京焼《さいきょうやき》〉と〈山菜の天ぷら〉を頼むと、葉子も同じようなものを注文した。

「やっぱり揚げ立ては美味しいですね」

葉子が天ぷらをかじると、サクッという音が聞こえてきそうだった。どうやら穴子のようだ。

〈天ぷら盛り合わせ〉にすればよかったと後悔したが、時すでに遅し。懐紙を敷いた竹籠がわたしの前に置かれ、青々とした山菜の天ぷらがたっぷり盛られている。

よくあることなのだ。漢字も含めて、ようやくスラスラと日本語の文字が読めるようになったのはいいのだが、〈山菜の天ぷら〉という字が目に入ると即決してしまう。英語だとそうはならないのに、なぜだか日本語だと焦ってしまうのである。

「お腹のあんばいはどんな感じですやろ」

皮も残さず鰆の西京焼を食べ終えたところで、フミさんが訊いた。

西京焼を食べながら、白いご飯も一緒に頼めばよかったと後悔していたところだ。

「小さいキツネ丼でもしまひょか」

薄味で煮た油揚げと九条ネギだけをご飯に載せたキツネ丼は、京都に来て初めて食べたのだが、今や好物といってもいいほど気に入っている。断る理由などひとつもない。黙ってうなずくと、葉子が横から言葉をはさんだ。

「わたしも」

この細い身体のどこに大量の酒と料理がおさまるのだろうか。

この店のキツネ丼は旨い。いや、キツネ丼だけ褒めたのでは、おそらくまだ三十代前半と思われる、若い板さんに失礼というものだろう。フミさんの甥《おい》っ子だという板前のヨシトは、飄々《ひょうひょう》としていて、まるで口笛でも吹きながら作っているように見えて、料理はどれも見事な出来栄えなのだ。

薄味で煮含めた分厚い油揚げに粉山椒《こなさんしょう》がからまって、実に味わい深い。煮汁が染みたご飯がまた美味しい。ひと粒も残さずに食べ終えた。

「狐に会う前にキツネを食べるのも乙なものですね」

箸を置いて葉子が両手を合わせた。

「葉子ちゃん、あんたエビス先生に付いていったげなはれ」

ほうじ茶とおしぼりを出しながら、フミさんが言った。

「はい。そうします」

フミさんの提案にも驚いたが、葉子があっさり言い切ったことにもびっくりした。

「狐にとりつかれたりしたら大変ですものね」

そう付け加えて、葉子がわたしに笑みを向けた。

4

先斗町が少々不便なのは、飲んだあと家に帰ろうとすると、バスにせよ、タクシーにせよ、河原町《かわらまち》通まで出なければいけないことだ。

もしくは三条通でもタクシーは拾えるが、空車が客待ちをしている頻度は、圧倒的に河原町通のほうが高い。

想像していたとおり、河原町六角《ろっかく》あたりの西側には北行きのタクシーがドアを開けて客を待っていた。

「寺町上立売を西に行ってください」

乗りこんで葉子が行先を告げた。

京都では町名や番地を告げるのではなく、南北と東西の通りが交わる場所を指定するのだということを知ってはいるのだが、それがなかなか出てこない。

河原町通を北上したタクシーは二条通を左折し、寺町通を北に向かって走っている。

「葉子さんのご自宅はどちらでしたか」

「北大路《きたおおじ》駅のすぐ近くです。エビス先生はたしか、この先でしたよね」

ただ一度、自宅に本を届けてもらっただけなのだが、葉子はちゃんと覚えているようだ。

「そう。今出川《いまでがわ》通に出る手前だ。よく覚えてくれているね」

「本をお届けにあがったときに、大久保利通《おおくぼとしみち》の住まいが近くにあったのを覚えているんです」

「そう言えば、葉子さんの卒論のテーマは明治維新だったね」

「エビス先生こそよく覚えていただいて」

そんな会話を交わすうち、今出川通を越えたタクシーは、あっという間に『相国寺』の東門に着いた。

『相国寺』の広い境内には、石畳を配した道路が縦横に走り、上立売通は境内を東西に貫いている。総門から入れば車でも通れるのだが、夜だとそれもいくらか気が引ける。そんな葉子の判断なのだろう。

「その鐘楼の真裏にあります」

薄暗い境内に入り、石畳の道をしばらく歩いたところで、葉子が立ちどまった。

大きな鐘楼の北側に隠れるようにして、少し奥まったところに石の鳥居が顔を覗かせている。立派な鐘楼に目が行ってしまうせいか、二度ほど通ったのに気付かなかった。

闇夜に包まれた境内は、風もなく、しんと静まり返っている。こつこつとわたしたちの足音だけが響いた。

「なんだか胸がどきどきしてきた」

「静かすぎて怖いくらいですね」

白いカーディガンを羽織った葉子が身を寄せてきた。

鐘楼の北東の隅っこに建つ〈宗旦稲荷社〉は、祠《ほこら》こそ小さいものの、両脇を守るようにして鎮座する狐の石像も苔《こけ》むしていて、なかなか趣深い。

神社では拍手《かしわで》を打つのが決まりだと教えられているが、それもはばかられる。音を立てずに手を合わせ、静かにお参りをした。

「写真を撮っても大丈夫かな」

「大丈夫なんじゃないですか」

葉子に訊ねるのはお門違いだと分かっているのだが、訊かずにいられない。もちろんフラッシュなど使わずに、数回シャッターを切った。

「狐さんは現れませんでしたね」

葉子が祠に一礼してから、来た道を戻りはじめた。

「何か出てきてほしかったような気もしますがね」

そう言いながら、わたしは葉子に歩調を合わせた。

「きっともうお休みになってると思いますよ」

立ちどまって、葉子がうしろを振り向いた。

「もしかして、葉子さんはあの女性が誰だかご存じなのではありませんか」

「なぜそう思われるのですか？」

「ただ、なんとなく、ですが」

葉子は無言のまま、また歩きはじめた。

寺の境内を歩いているのに、深い森のなかに迷い込んだような気がした。

「今日お会いになった女性ですけど」

歩きながら葉子が口を開いた。

「何か？」

ごくりと息を呑《の》んだ。

「お顔までは写っていなかったので、はっきりとはしないのですが、こちらの塔頭のひとつ〈長洛院《ちょうらくいん》〉さんの奥さまではないかと」

「やはり寺方の人でしたか。お知り合いですか？」

「古書を通じて、今のご住職とはお付き合いがあるのですが、蔵書を整理しに伺うと、いつもご住職のお母さまが美味しい紅茶を淹《い》れてくださって」

「ご住職はそんなにお若いのですか？」

「わたしのふた回り上だと聞いてますが」

「じゃあ別人だ。今日お見かけしたのは、たぶんあなたとそう変わらない年恰好《としかっこう》の女性だったから」

「京都という街では流れてゆく時間の速度が違うのです」

「流れる時間が違う、というのはどういう意味だろう。もう少し分かりやすく言ってくれるかな」

　思ったままを口にした。

「ご住職のお母さまは若いころ、飛びきりの美人だったようで、人間国宝だった植村《うえむら》画伯の日本画のモデルをなさっていたと聞きました。何枚もあるのですが、わたしが好きなのは、この絵です」

立ちどまって葉子が、スマートフォンの待ち受け画面にしているという、植村画伯の美人画を表示してみせた。

暗闇の中にくっきりと浮かび上がる美人画を見て、わたしはまた息を呑んだ。

あまりに驚くと声も出ないものだ。

帯の色や柄こそ違うものの、銀色に光っている着物も、姿かたちも顔つきも表情も、あの女性とそっくりなのだ。

それは分かったが、おそらくこの絵は何十年も前に描かれたはずだ。

「たしかに瓜《うり》ふたつだが、まったく年齢が合わない。どんな魔法を使っても、何十年も若さを保ち続けるのは不可能だ。残念ながら、わたしには理解できない話だね」

「つまらないお答え」

口をとがらせた葉子は、ぷいと横を向いてから顔を夜空に向けた。

葉子の期待に応えたいのは山々なのだが、あまりに非科学的な話には、異を唱えざるを得ないではないか。

「文学は文学。現実は現実なんじゃないかね。いくらわたしが〈平家物語〉を研究しているからといって科学を無視するわけにはいかない」

総門に向かって歩くと、右側に小さな池が見えてきた。

「京都に住むまでは、わたしもそう思っていました。エビス先生もきっといつか……」

葉子はそのあとの言葉を呑みこんだ。

葉子の年齢をたしかめたわけではないが、ふた回り上の住職の母となれば、七十を下回るはずがない。どんな若作りをしたとしても、あるいはどれほどわたしの目が節穴だったとしても、到底あり得ない話だ。

「ご住職のお母さまは、近くにある〈宗旦稲荷〉のお世話をずっとなさっていたそうですが、あるときから姿を見せなくなってしまったらしいんです。それがなぜだかは分からないのですが」

葉子がひとり言のように言ったが、どう応えていいのか分からない。静かな境内にふたりの靴音がこだまする。と、その静寂を破る無粋な声が背中から聞こえた。

「教授。カール教授」

わたしを呼ぶ声は間違いなく栗原のものだ。なぜこんな場所に栗原がいるのか。

「お知り合いのかたですか？」

葉子が身体の向きを変えると、声の主が走り寄ってきた。

「教授、どうなさったんですか、こんな時間に」

それを訊きたいのは、わたしのほうである。朝と同じ格好をした栗原は今もジョギング中のようだ。

「夜の散歩だ。きみもしかし運動熱心だな。ダイエットでもしてるのか」

「少しはやせないと、教授のように美しいかたと夜の散歩もできませんから」

隣で葉子がくすりと笑った。

そういう問題じゃないだろうと言いたかったが、ぐっと我慢した。

「教授、ひとつお訊ねしてよろしいでしょうか」

栗原は大学のなかだろうと外だろうと、かまうことなく唐突に質問してくる。

「なんだね」

栗原という男は、答えを聞くまでは絶対に立ち去らない性格だということを、いやというほど思い知らされている。

「〈平家物語〉の〈大原御幸《おおはらごこう》〉ですが、建礼門院徳子《けんれいもんいんとくこ》の六道語りを聞いて、後白河法皇《ごしらかわほうおう》は本当に同情したのでしょうか。それともうんざりしていたのでしょうか」

「同情というよりは、憐《あわ》れみといったほうがいいだろう。もしくは恋慕という感情もあったんじゃないかな。そうでないと〈平家物語〉の余韻が残らないじゃないか」

「わかりました」

意外とすんなり引き下がったのは、同行している葉子への配慮かもしれない。

夜になると茶色にすら見えてしまうジャージ姿の栗原が、ゆさゆさと身体を揺らしながら走り去った。

「エビス先生もたいへんですね。こんな時間に、こんな場所でも、ちゃんと教授のお立場でいなきゃいけないのですから」

葉子が小さくため息をついた。

「彼は特別な存在なんだよ。片時も頭のなかから文学を消し去ることができない、不可思議な男だ」

「頭から消し去れないのは文学ではなくて、エビス先生なんじゃないですか」

葉子は意味ありげな笑みをわたしに向けた。

ひょっとすると栗原は、葉子を葵と見間違えていたのかもしれない。葵がいないから、さっさと立ち去ってしまったのだ。もちろん思い過ごしだろうとも思うのだが。

5

一夜にして冬に逆戻りしたような寒い朝だ。

心なしか、梅の花も蕾《つぼみ》を固くしているように見える。

「ほんまにご無事でよろしおしたなぁ」

縁側で身震いするわたしに、葵はたっぷりと嫌味を含んだ眼差《まなざ》しを向けた。

わたしはいつもより早くやってきた葵に、昨夜の一部始終を話した。

「今日のお菓子は何かな」

風呂敷包みをほどく葵の手元を覗きこんだ。

「『末富《すえとみ》』さんのわらび餅どす」

「わらび餅ならロンドンでも食べたことがある」

「そんなんと一緒にせんといてください」

むくれた顔を作った葵が、木皿に載せてわたしの前に置いた。

口に運んで、たしかに葵の言うとおりだと思った。上品な甘さと絶妙の舌ざわり。まったくの別ものだ。

「植村せんせの絵はうちも大好きどす。花鳥画もよろしいけど、やっぱり美人画が一番どす。葉子はんみたいに待ち受け画面にしよ思うて、捜してみましたんやけど、そういうたら、昨日のお方と、なんやよう似てましたなぁ」

茶を点てながら葵が言った。

「今でも半信半疑なんだが、きみはどう思うのかね」

「そんな野暮なこと訊かんといとぅくれやす。ほんまかもしれんし、幻やったかもしれん。どっちでもよろしいやんか」

黒楽《くろらく》の抹茶碗を手にして、葵が立ち上がった。

はっきりと白黒を付けないとおさまらない性質だったわたしだが、今の葵の言葉に納得するようになったのは、それだけ京都の土に馴染《なじ》んできたということなのか。

「けど、狐さんも人間も、子どもを思う母親の気持ちて強いもんどすなぁ」

抹茶碗をわたしの前に置いた葵が、まっすぐに目を向けてきた。

「人間も、というのはご住職のお母さんのことかな？」

「そうどす。〈長洛院〉のご住職は若いとき病弱やったらしいて、お母はんは〈宗旦稲荷〉はんへも、お百度踏んではったて聞いたことあります」

　葵が釜の前に戻った。

「なるほど。そういうことだったのか」

「葉子はんは、そのことはお話ししはらへんかったんどすか？」

「言わずもがなだと思ってたのかもしれないね」

　音を立てて薄茶を飲み切るのにも、ようやく慣れてきた。

「そしたら、葉子はんが待ち受け画面に使《つこ》うてはる絵の題も？」

　葵の問いに黙って首を横に振った。

「〈葛《くず》の葉《は》〉どす。帯に葛の葉が描いてありましたやろ」

　首をかしげるしかなかったのは、帯の絵柄まで見ていなかったのと、そもそも葛の葉がどんなものか知らないからだ。

「せんせ。人形浄瑠璃も観とかなあきまへんやん。〈葛の葉〉いうたら、母狐と子どもが別れる、哀《かな》しいお話どすがな」

　記憶の奥底をたどると、おぼろげながら落語にそんな話があったことを思いだした。いやはやなんとも奥深い話だ。

「人形浄瑠璃やとか、お能とかも観とかはらんと、ええ小説書けしまへんえ」

葵が険しい目を向けたのに、わたしは肩身をすぼめた。

「もう一服いかがどす？」

「ちょうだいいたします」

いつも以上に、うやうやしく言った。

第二話　鐵輪《かなわ》の井

1

洛中《らくちゅう》に建つ鳥居の中でも屈指の大きさを誇る『平安神宮《へいあんじんぐう》』の大鳥居だが、残念ながらその下を歩いてくぐるには危険が伴う。

大鳥居は、神宮道《じんぐうみち》という広い車道に建っているので、真下から見上げようとすれば、多くの車が行き交う車道に出なければならない。太い柱の外から写真を何枚も撮ったが、笠木《かさぎ》や島木《しまぎ》を真下から見上げてこその鳥居だと思っているわたしには、少なからず不満が残る。

『熊野本宮大社《くまのほんぐうたいしゃ》』の鳥居にはかなわないが、それでもこれまで日本で見てきた鳥居の中では、三本の指に入る大きさだ。

車の少ない早朝か深夜なら、真下から仰ぎ見ることができるだろうか。そう思って振り返ってみたが、アスリート並みの俊敏さが必要なようだ。

鳥居に後ろ髪を引かれているせいか、先を歩く九条葵になかなか追いつけないでいる。

しびれを切らしたように、あでやかな着物姿の葵が立ちどまって振り向いた。

「せんせ、早《はよ》ぅせんと間に合わしまへんえ」

わたしはベージュのチノパンに、ネイビーのジャケット、茶色のローファーという軽やかなスタイルだから、いつもなら颯爽《さっそう》と歩くはずだが、つい遅れがちになるのは、大鳥居のせいだけではない。今しがた観終《みお》えたばかりの、能楽の余韻に浸っているからでもある。

〈鉄輪《かなわ》〉という演目は、自分を捨てて後妻をめとった夫を呪うという、身の毛もよだつ怖《おそ》ろしい物語である。嫉妬に狂った女性が頭に鉄輪をはめて丑《うし》の刻詣《こくまい》りをする場面などは、ホラー映画よりも怖い。

ふとロンドンにいるワイフを思い浮かべて身震いしてしまったほどの能は、なかなか脳裏から消えない。そんなわたしを責めるように、葵が何度も振り返る。

たしかに、遅がけのランチをと予約した時間は迫っているのだが、電話一本入れれば済む話ではないか。九条家の末裔《まつえい》ならば、もう少しデリカシーがあってもよさそうなものだ。

「何をぶつぶつ言うてはるんどす。先に行ってまひょか」

茶を点《た》てたりしているときは、いかにも公家《くげ》の出だと思わせるしとやかさなのだが、ときどきこうした冷たい言動をするのは、葵がわがままに育ったせいなのかもしれない。

三条通を越えて、葵はひと筋目を東に折れた。そこから先はゆるやかな上り坂になっているようで、若草色の帯が少し近くなった。

一週間ほど前だった。能の公演を観て、料亭でお昼ご飯を食べる。そんな目論見《もくろみ》を告げると、葵は顔をほころばせてこう言った。

「ほな、よそ行き着ていかな」

よそ行きという言葉は初めて聞いたが、普段着の逆を指すようで、今日は春らしい華やかな和服姿だ。淡い桃色の着物に、若草色の帯を締めた葵は、かなり着慣れているとみえて、いつもと変わらぬ速度で歩く。祇園辺りでよく見かける変身舞妓《まいこ》が、おぼつかない足取りで、のそのそ歩くのとは大違いである。

とは言っても、まだまだ上り坂が続いているとみえて、葵の背中がかなり近づいてきた。老いたとはいえ、若いころにラグビーで鍛えた足は伊達《だて》ではないのだ。

「ここを曲がったらすぐそこみたいどす」

葵が曲がり角で立ちどまったのは、わたしを待つためではなく、息を整えるためだろうと分かったのは、肩の位置が大きく上下しているからだ。

「予約した一時半まで、まだ三分あるじゃないか。ひと息ついてからにしよう。きみも疲れただろう」

ランチを予約しておいたのは『粟田《あわた》山荘』という和食の店で、しばしば〈京洛大学〉のイベントが行われる『京都ホテルオークラ』の和風別館である。学部長の山際に連れられて、初めてこの店で夕食を摂《と》ったときの感動は忘れがたいものがある。料理はもちろんだが、その庭の美しさといえば名刹の庭園も顔負けなのだ。

「地図だけでは分からへんもんどすなぁ。こんな山の上やとは思うてまへんどした」

不機嫌そうな顔つきで二度ほど大きく深呼吸してから、葵がまた歩きだした。どうやら葵はまだ『粟田山荘』に行ったことがないようだ。

葵が典型だが、京女というのはおおむね負けず嫌いである。したがって同情されたり憐《あわ》れまれたりは最も忌み嫌うところだ。

〈疲れただろう〉という言葉を、わたしのような老人からかけられたのは不本意だったに違いない。わたし自身が疲れた、と言えば葵のプライドは傷つかなかったはずだ。京都という街では、こうした言い回しひとつにも充分注意を払わないといけない。

加えて、京都人である葵が、外国人のわたしに連れられて店に行くというのも、不本意なのに違いない。一度でも行ったことのある店なら、必ず何かしら言及するのだが、何も言わずに付いてきたのは、初めてだからだろうと思う。

狭い通りに面した瀟洒《しょうしゃ》な門をくぐって、母屋へたどり着くまでの石段を上りながら、小説に役立てるべく、京都人の心根に思いを巡らせた。

「どなたかのお屋敷でしたんやろなぁ」

玄関の前に立ち、葵は庭を見まわした。

元は西陣《にしじん》の織元である豪商、細井邦三郎氏が建てた別荘だったと聞いているが、これ以上葵の機嫌をそこねてはいけないので、そのことは言わずにおいた。

「きっとそうだろうね。よほどのお金持ちじゃないと、こんなお屋敷は建てられないよ」

「うちの両親は、まだオークラという名前が付く前の京都ホテルで結婚披露宴を開いたくらい、『京都ホテルオークラ』はんとは馴染《なじ》みが深いんです。でもこちらへは寄せてもろたことありません。『粟田山荘』いうお名前だけは聞いてましたんやけど」

先に店に入るよう、葵にうながされた。

レディーファーストが徹底している英国とは逆に、京都のこうした日本料理店では、男性が先に入るしきたりになっている。最初は戸惑ったが、今では葵の指示に素直にしたがっている。

「おこしやす。ようこそエビス先生」

玄関に入ったとたん、着物姿もあでやかな女将《おかみ》が迎えに出て来た。

ディナーには二度来たが、ランチは初めてだ。つまりは、この店に来るのはまだ三度目なのに、女将はまるでわたしが常連客でもあるかのような迎え方をしてくれる。

京都の店に人気が集まるのにはこうした理由がある。

「こちらは九条葵さん。教室の助手をしてもらっているんだ」

訳ありのカップルに思われてはいけないので、すぐに葵を女将に紹介した。

「ようこそ。九条さんいうたら、あの九条さんどすか？」

女将の訊《き》きかたがおかしかったと見えて、葵がくすりと笑った。

「本家筋は三十五代を数えるおうちですけど、うちは九条の姓を名乗っているだけですねん。十七代しか遡れへん、ヤドカリのようなもんやと、いつも父が笑《わろ》うております」

謙遜して言っているのかどうか分からないが、十七代でもまだヤドカリだというのだから、京都というのは凄《すさ》まじいところだ。

女将は軽く笑みを浮かべたあと、右手の廊下を指さした。

「いつものお部屋をご用意しといたんどすけど、よろしおしたやろか」

二度とも応接室の右奥にある、小ぢんまりした部屋で夕食を摂ったのはたしかだが、いつもの、と言われると少々面はゆい。たしか〈芙蓉《ふよう》〉という名前の部屋だったか、葵とふたりでランチを摂るには、ちょうどいい大きさだ。

「ええお庭が見えるんどすなぁ」

部屋に入るなり、葵が窓際に佇《たたず》んだ。

「おおきに、ありがとうございます。お庭もごちそうのひとつどすさかいになぁ。お料理はお伺いしてますけど、お飲みものはどうさせてもらいまひょ?」

女将はドリンクリストをわたしの前に置いた。

「昼酒は医者から止められているものでね」

葵の顔色を窺《うかが》うと、即座に目が三角になった。

「当たり前ですやん。夜は浴びるほど飲んではるんやさかい、せめてお昼なと控えてもらわな」

「ということだから、この酢橘《すだち》スカッシュをふたつ」

「承知しました。ええ助手さんをお持ちになって、エビス先生もお幸せどすなぁ」

そう言って下がっていった女将の言葉のどこまでが本音か。京都検定の設問にできそうな気がする。

「そういえばこないだお持ちした、イカナゴの釘煮《くぎに》はどないでした？　美味《おい》しおしたやろ」

葵に先を越されて、しまったと思ったが後の祭りだ。

「うっかりしてお礼が遅くなったね。いやいや、いろんな佃煮《つくだに》を食べたけど、あれほどご飯によく合うものは初めてだよ」

「それやったらよろしいんやけど、なんにも言わはらへんから、お気に召さへんかったかと案じてました」

煎茶を飲んで、葵が庭に目を遣《や》った。

一昨日《おととい》の夜に、神戸旅行の土産だといって、葵が小魚の佃煮を拙宅に届けてくれた。じゃこを甘辛く煮た飴色《あめいろ》の佃煮は、ご飯の供にするには味が弱く、かといって酒のアテには甘すぎる。なんとも中途半端なものを土産にくれたものだと思っていたが、昨日の京都新聞に、明石《あかし》の春の風物詩として、イカナゴの釘煮が紹介されていたのを読んで、礼を言わなければと思っていたのだ。うっかり忘れてしまった。なんとかつくろったものの、葵の言葉も額面どおりには受け取れない。〈よろしおした〉という言葉は必ずしも肯定語ではない。

「えらいお待たせして」

気まずい空気を女将が破ってくれた。

「お飲みもんと一緒になってしもうて、すんませんなぁ。お弁当をお持ちしました。てっきりお飲みになるもんやと思うてましたさかいに遅ぅなりました」

そう言って、女将がテーブルに料理を並べ、その横に酢橘スカッシュを置いた。

「お相伴させてもらいます」

手を合わせてから、葵が箸を取った。

ただ、いただきます、だけではなく、こういうときの言葉を京都人は何種類も用意している。お相伴というのは、あくまで自分は主役ではないという意を込めた言葉だ。

わたしにはまだ、そんな微妙な使い分けはできない。

夜は料理が順番に出てくる会席というか、あらたまった懐石形式だが、ランチはお弁当スタイルなので、気楽に食べられる。

英国にはこうした細々《こまごま》と料理を詰め合わせた食事を出す店はない。葵にはマナー違反だと指摘されるが、弁当を前にして迷い箸をするほど愉《たの》しいことはない。庭を眺めているフリをしながら、弁当の中身を横目でチェックした。

「さすが『京都ホテルオークラ』さんや。お料理美味しおすな」

小判形の漆器にぎっしり詰まった前菜は、夜の懐石だと、八寸《はっすん》と呼ばれる。ひと口サイズの料理を次々と口に運ぶ葵は、ようやく機嫌を直したようだ。タケノコのはさみ揚げには木の芽味噌《みそ》が塗ってあり、いかにも春らしいほろ苦さを愉しませてくれ、鰆《さわら》の西京《さいきょう》焼は京都らしい上品な香りがする。

「神戸へは家族と行ったのかね」

「いややわぁ、せんせ。菊乃《きくの》ねえさんとふたりで行って来たて言いましたやろ。一昨日のことをもう忘れはったんどすか」

葵が椀《わん》もののハマグリ真蒸《しんじょ》を口に運んだ。

またやらかしてしまった。葵が土産を届けにきてくれたとき、いい按配《あんばい》に酔っぱらっていて、話の内容はほとんど覚えていない。

「菊乃ねえさんの故郷が神戸の須磨《すま》やさかい、毎年お花見をかねて、舞子《まいこ》のホテルに泊まらはる。三年前からうちも誘うてもろてて、今年も一緒に行ったんどす、ていう話を覚えてはりませんの？」

言われて、ようやく記憶がよみがえった。そうそう。たしかにそんな話だった。

葵はスマートフォンの画面に、旅先でのスナップ写真を映しだし、スライドショーで見せてくれた。瀬戸内海を見下ろすホテルの部屋、巨大な橋を望むカウンターバー、海岸に建つ洋館、松林の中の桜。いろんな場所で葵と菊乃のツーショットが撮られている。きっと自撮りというやつだろう。育ちの良さが見てとれるふたりは、姉妹に見えなくはない。いくらか苦労をしてきた姉と、何不自由なく育った妹。勝手な想像をしてしまった。

小平《こだいら》菊乃は、わたし好みの珈琲《コーヒー》を出してくれる〈喫茶菊乃〉の女主人で、葵とはまた違ったタイプではあるが、うりざね顔をした、公家の末裔っぽい美人だ。

その菊乃と葵がなぜ姉妹同然の付き合いをしているかといえば、山際経由〈小料理フミ〉のフミさん繋《つな》がりだというのだから、本当に京都は狭い。

「ところで、さっきの能のことだが、丑の刻詣りをして元の夫を呪い殺そうとしたのは、たしか下京《しもぎょう》の女だったよね」

吸い物を飲みほして、金彩を施した黒塗りの椀に蓋をした。

「そうどすけど、それが何か？」

「下京といえば、おおむね四条から南だろ。そこから『貴船《きふね》神社』まで夜中に歩いて行くのは、さぞや大変だっただろうと思って。往復すると三十キロほどあるはずだ」

「おなごはんの執念いうのは、それぐらい凄まじいもんや、いうことです」

葵は涼しい顔を庭の緑に向けた。

「鬼の形相をした女性が、下京から貴船まで夜中に駆け抜けるなんて、想像するだけで怖ろしいね」

「五条から鴨川を遡って、糺《ただす》の森を抜けて深泥池《みどろがいけ》をぐるっと回りこんで、市原野《いちはらの》から鞍馬川《くらまがわ》沿いに貴船まで行ってはったんどす」

庭から視線を戻した葵は、まるで知り合いから聞いた話でもあるかのように、シテの女性がたどった道筋を語る。

「そこまでリアルに創作するところが能のすごさだね。下京というのは五条のことだったのか。なるほど」

「創作やて決めつけはるとこは、やっぱりせんせも外国のかたどすな」

葵が鼻で笑った。

「気持ちとしては信じたいのだが、いくらなんでも」

鼻で笑い返すと、葵が真顔になってわたしをにらみつけた。

「せんせはまだ『鐵輪《かなわ》の井』に行ってはらへんのでしょ。あの井戸を見はったらお考えが変わると思いますえ」

「『鐵輪の井』？　その井戸はあの能の〈鉄輪〉と何か関係があるのかね」

身を乗りだすと、箸を進めながら、葵が『鐵輪の井』の在り処《か》や由緒を語ってくれた。にわかには信じがたい話だが、実に興味深い。〈鉄輪〉の能でシテとなっていたあの女性が、実際に住んでいたという場所に今も井戸が残っていて、縁切りのご利益《りやく》があるというのだ。信じるに値しない話だが、小説のヒントにはなりそうだ。

「ランチが済んだら早速行ってみようと思うのだが、きみも一緒にどうだ」

「遠慮しときます。うちは縁を切らんなんようなお人もやはりませんし」

あっさり断られてしまった。

わたしだってそんな相手はいない、と言おうとして、ふとワイフの顔が浮かび、そのあとの言葉を呑《の》みこんでしまった。

曲げわっぱを模した陶器で出てきた、鮎《あゆ》の炊き込みご飯を食べ、デザートの桜餅で後口を整え、女将の丁重な見送りを受けてわたしと葵は店をあとにした。

「ほんまに気ぃつけて行ってきとぉくれやすな。井戸に置いたぁるもんは、絶対持って帰ったらあきまへんえ」

「そんな泥棒みたいな真似《まね》はせんよ。こう見えても英国紳士の端くれだからね」

『青蓮院《しょうれんいん》』の門前に植わる、樹齢八百年とも言われるクスノキの下で葵と別れ、円山《まるやま》公園を抜けたわたしは、グーグルマップを頼りにして松原《まつばら》通をひたすら西に向かって歩いた。

2

葵が目印にしてくれた郵便局を越えて、地図にしたがい内科医院の角を左に曲がった。住所を記したホウロウの看板には鍛冶屋町《かじやちょう》とある。鉄輪は五徳のことだと葵が言っていたから、たしかにこの辺りで作られていたのかもしれない。町名までもが史実を彩るあたり、さすが京都と言わざるを得ない。

そろそろかと辺りを見回しながら、グーグルマップのストリートビューと見比べていて、不思議なことが起こった。

肝心の『鐵輪の井』に近づくと、ストリートビューが突然消えてしまうのだ。まるで『鐵輪の井』を避けるようにして途切れるのは、呪いでもかかっているせいなのか。背筋を寒くしてようやく前までたどり着いた。

葵の言ったとおり、うっかりすると見過ごしてしまいそうだ。ビルと民家のあいだに〈鐵輪跡〉と刻まれた小さな石碑が建っているだけで、入口は民家の玄関のようなアルミ戸で閉じられている。素通しになった縦格子戸の奥には狭い路地が奥に続いていて、人ひとり通るのがやっと、という狭さだ。

おそるおそる引き戸を開けて、ゆっくり奥に進むと右奥に朱の鳥居が見えた。さっき見た『平安神宮』の大鳥居の何十分の一かと思うほど小さい鳥居である。

鳥居の横には駒札《こまふだ》が立っていて、その由来が書いてある。それを読むうちに冷汗が背中を伝った。

『京都観世《かんぜ》会館』で観た能の、あのシテの女性はここに住んでいて、一説にはこの井戸に身を投げたと記されているのだ。更には〈縁切り井戸〉と呼ばれていて、井戸の水を汲《く》んで相手に飲ませると、悪縁が切れるとも書いてある。葵の話では、井戸の水の代わりにペットボトルに入れた水でも効果があるということだ。ペットボトルの水を置いておき、しばらくのちに取りに行くと同じ効果が得られるというのは、どうにも信じがたいのだが。

へっぴり腰で鳥居をくぐると、たしかにそこには小さな井戸があり、涸《か》れてしまったのか、木格子のふたで覆われている。

そして葵の言葉を裏付けるように、なんと三本のペットボトルに入った水がそこに置かれているではないか。三本とも別々のメーカーのミネラルウォーターだから、きっとそれぞれ別の人が置いていったのだろう。つまりは縁切りを祈願してお参りに来た人物が、少なくとも三人はいるという推理が成り立つ。うち二本はテレビのＣＭでもよく見かけるが、一本だけは初めて見る、珍しいブランドだ。

いったいどこからどこまでが伝説で、どこからが史実なのか。写真を撮りながら頭を悩ませていると、背中に人の気配を感じた。

「お参りですか」

老女の低い声に思わず飛びあがった。

「びっくりした」

「驚かせてすみません」

浴衣のような薄い着物一枚だけの老女は、日本画に描かれた幽霊のようだ。真夏ならともかく、今の季節の外出着としてはいかにも寒々しい。

「この辺りにお住まいなのですか？」

「いえ」

短く答えて、老女は逆に問い返してきた。

「どなたか縁を切りたいかたでもおられますか？」

「いえ。そういうわけではありません。今日〈鉄輪〉のお能を観てきたものですから」

「そうでしたか。わたしは毎日お参りしているのですが、なかなか縁が切れなくて」

老女は能面のように表情をまったく変えない。

「いつごろからこちらに？」

「かれこれ十年になります」

境内と呼ぶにはあまりにも狭いスペースで、生気のない老女と向き合っていると息が詰まりそうだ。

「あまり効かないということですね」

「効きすぎたのかもしれません」

にやりと笑う老女の口には一本の歯も見当たらない。井戸の上にあった小さなペットボトルをたもとに入れて、老女は無言で去っていった。

両側の壁に手を突きながら細い路地を抜けた老女の後ろ姿をデジカメで撮った。

ふと気付けば手に汗どころか、顔から足の先まで汗みずくだ。葵だけでなく、グーグルのストリートビューも避けるのは当然なのかもしれない。からからに渇いた喉を潤そうとして〈喫茶菊乃〉を目指した。

ふたたび松原通に戻り、東に向かって歩く。河原町通を越え、松原橋を渡って、川《かわ》端《ばた》通の東側を北へ。『鐵輪の井』からは一キロもないだろう。十分ほどで〈喫茶菊乃〉の店が入る三階建てのビルの前に立った。

二階にある店へは、いつも非常階段のような外階段を使う。宮川町《みやがわちょう》通のビル入口から入れば、エレベーターもあるのだが、わたしはこの素っ気ない色褪《いろあ》せたテントのかぶさった階段が好きなのだ。

階段下の手すりにぶら下がった〝営業中〟の札をたしかめてから上ろうとして、階段を下りてくる足音に立ちどまった。

鉄板を踏む乾いた足音は、どうやら下駄ばきのようだ。

ふつうなら会釈のひとつもするべきなのに、階段を下りてきた着流し姿の男性は、わたしを一瞥《いちべつ》もせず、鋭い視線で宙を射ぬきながら川端通へと歩いて行った。

どこかで見かけたことのあるような気もする、その後ろ姿をデジカメにおさめ、階段をゆっくりと上った。

「いらっしゃいませ」

カウベルの付いたドアを開けると同時に、菊乃は澄んだ声で迎えてくれた。客はひとりもいない。

「しばらくご無沙汰したね」

「エビス教授、お久しぶりです」

黒いシャツにブラックジーンズ、真っ白のエプロンという、いつもの出《い》で立《た》ちで、菊乃がおしぼりを差しだした。

上半身をくまなく拭きたいところだが、若い女性の前ではそうもいかない。額と首筋の汗を拭うのがせいぜいだ。

「菊乃さんの故郷が神戸とは意外だったよ。てっきり東北のどこかだと思いこんでいた」

「どうしてですか？　言葉なまってます？」

菊乃がメニューをカウンターに置いた。

「色が白くて細面で、きっと雪国育ちなのだろうと勝手に決めつけていたんだよ。いつもの珈琲を」

メニューを開くまでもなかった。

菊乃の店は、いわゆる鰻《うなぎ》の寝床ふうの細長の造りで、入ってすぐ右手奥に長いカウンターが延びている。八席ほどのハイチェアが並んでいて、その奥には数人が座れるボックス席がある。空いていれば奥から二番目のカウンター席がわたしの指定席だ。

菊乃は、最近めっきり見かけなくなったサイフォンを使って珈琲を淹《い》れる。苦みの強い滑らかな味わいはわたしの好みにぴったりなのである。

フラスコにお湯を入れ、フィルターと漏斗《ろうと》をセットする。青い炎で沸騰させて、珈琲を入れた漏斗をゆっくりと差しこむ。漏斗に上ってきた湯を竹べらで、珈琲と馴染ませる。泡と粉と液体が美しく三層に重なる。

火を止めて竹べらで丁寧に混ぜ、やがて珈琲はフラスコに落ちてゆく。すべて落ちきったのをたしかめて、漏斗を外した菊乃はフラスコの珈琲をカップに注《つ》いだ。

一連の動作をじっと見つめるのは、この店ならではの愉しみだ。決して目を離さない真剣な菊乃の眼差《まなざ》し。指先にまで神経の行き届いた、美しい所作。まるで一服の茶を点てるかのごとく、菊乃はいつも慈しみながらサイフォン珈琲を淹れる。

「どうぞ」

わずかに憂いを含んだ笑みを向けて、菊乃が白い珈琲カップをわたしの前に置いた。

「そう。この味だ。珈琲には余計なコクなんて要らん。最初に苦みが舌にアタックしないと珈琲の意味がないじゃないか」

「それはエビス教授のお好みなだけで、今はコクのあるドリップ珈琲が求められているのだと思いますよ」

使い終わった器具、とりわけフィルターをていねいに洗って片付けるのも、菊乃らしい細やかさだ。ろ過器からネルフィルターを外し、珈琲の残渣《ざんさ》を洗い流してから、指先でネルをやさしく広げながら洗う。いつもどおりのきれいな動きに、つい見とれてしまった。

「うんちくだらけの珈琲は苦手なんだよ」

わたしの言葉に軽くほほ笑むだけで、いっさいの無駄口をたたかないのも、菊乃の魅力だ。

「イカナゴはお口に合いました？」

片付けを終えた菊乃がわたしの前に立った。

葵とは異母姉妹ではなかろうか。また勝手な想像を巡らせてしまった。

純和風とも言える葵の顔立ちと違って、細面ながら、菊乃はエキゾチックな目鼻立ちをしていて、何より厚い唇が印象的だ。

「ご飯のお供にもなるし、お酒のアテにもなる。よくできたおかずだね」

当たり障りのない言葉を返した。

「エビス教授はウソのつけないいかたなんですね。どっちにもなる、というのは、どっちにも合わない、ですよね」

菊乃が悪戯《いたずら》っぽく笑った。

「菊乃さんにはすぐ見透かされてしまうな」

「子どものころから、春になると必ず父がイカナゴの釘煮を作っていましたから、美味しいとかを越えて、この時季の風物詩なんです」

「お母さんじゃないんだ」

「母は早くに亡くなりました。小さな旅館をしていたので、お客さんの朝ご飯に出すのに、父は夜遅くまで鍋と格闘していました。父は友達からタコ入道と呼ばれていたくらい、大きな人でした。グローブみたいな手で、小さなイカナゴをつまんで味見している姿は、なんとも愛らしくて目に焼き付いています」

菊乃が頬をゆるめた。

肉感的とも言える厚い唇をした菊乃の父だから、タコに喩《たと》えられたのも分かる気がする。

「菊乃さんのご実家は旅館なのですね。なのに里帰りしても、泊まるのは舞子のリゾートホテルなんだ」

「八年前に父が亡くなってすぐ旅館は廃業しました。わたしは跡を継ぐ気もなかったのでそれを機に京都に越してきたんです。観光客みたいに、先斗町をふらふら歩いていたら、アルバイト募集って書いてある貼り紙が目に入って、それからフミさんとのお付き合いが始まったんです」

菊乃が淡々と語る。

珈琲好きのわたしにこの店を紹介してくれたのは、行きつけにしている〈小料理フミ〉の女将である増田フミさんなのだ。菊乃は〈小料理フミ〉で四年働いた後、この喫茶室を開いた。

「きっと素敵な旅館だったのだろうね。なんという名前の宿だったのですか？」

「〈旅荘須磨〉。遠くに須磨の海を眺められる庭が一番の自慢でした。広い敷地に母屋と離れと茶室だけ。一日ひと組だけの気ままな旅館だったんです」

菊乃が窓の外に目を遣った。

窓からは水面《みなも》こそ見えないものの、鴨川沿いに植わる木々を眺めることができる。薫風に揺れる若葉が菊乃の瞳に映っていそうだ。

「泊まらなくてもいいから、ひと目見たかったな。写真なんかは残ってないのかね」

「父は取材もすべて断っていたみたいですし、京都に来るときに昔の写真はぜんぶ処分してしまいました」

菊乃がピッチャーの水をコップに注いだ。

「神戸の地理には詳しくないのだが、菊乃さんの故郷の須磨と明石は近いのかい？」

「距離でいうと、この店から嵯峨野《さがの》までと同じくらいですから、近いと言っていいでしょうね。でも、なぜ明石なんです？」

「ふと〈源氏物語〉を思いだしたのでね。たしか〈須磨〉と〈明石〉という帖《じょう》が続いていたはずなんだが」

「さすがエビス教授。と言ってもわたしはちゃんと読んでいないのですが。いつか必ず〈源氏物語〉みたいな小説を書いてくださいね」

菊乃が真顔で言った。

店の壁面の飾り棚は書棚といってもいいほど、本や雑誌で埋め尽くされていて、菊乃が相当な読書家であることを示している。

「あんな複雑な恋愛は書けないよ。複数の女性を同時に愛せる男性の気持ちなんて、わたしに分かるわけないからね」

飲みほしたカップをソーサーに置いた。

「ふつうの男性はそうですよね」

菊乃は目を伏せて珈琲を注ぎ足した。

「大和撫子《やまとなでしこ》が、光源氏《ひかるげんじ》のようなクレージーな男性に魅かれるというのは、どうにも理解できない。〈源氏物語〉を読むたびにそう思うのだが」

繰り返し首をかしげると、菊乃はまた窓の外に視線を移し、いつにも増して深い憂いを含んだ横顔を見せた。

支払いを済ませ、立ち上がってふと隣の席を見るとシートが濡《ぬ》れている。拭いておこうかとも思ったが、わたしが水をこぼしたと思われかねないので、そのままにしておいた。

「そうそう、さっきの着流しの男性、無愛想な人だね。この店にもあんな客が来るんだ」

「なんのことですか？」

「僕が階段を上ろうとしたら男が下りてきたので先を譲ったのに、知らん顔して去っていった」

「さっきまでいらしたのは、女性三人組なんですけど」

慌てず騒がずといったふうに淡々と菊乃が言ったのに、わたしは首をかしげるしかなかった。

「客じゃなかったのか。だろうな。この店には不似合いな輩《やから》だ」

言い置いて店を出た。

階段を下りはじめて二段目で妙なことに気付いた。階段が濡れているのだ。

上ってくるときに見過ごしたのか、それともわたしが上ってきたあとに、誰かが水でもまいたのか。水の痕は階段を下り、川端通まで続いている。

そして今さらながらだが、菊乃の店に出入りする人間以外は、この階段を使わないことに気付いた。外階段は二階までしかなく、店の周りの通路といえば、猫くらいしか通れないほどの狭さだ。幻を見たのか。それともなにか事情があって、菊乃がウソをついているのか。不気味さと悩ましさを抱えつつ家路についた。

3

その夜わたしはいつものように〈小料理フミ〉の暖簾《のれん》をくぐった。

京都五花街のひとつに数えられる先斗町の中ほどにあって、冬だけでなく年中美味しいおでんが食べられる店だ。

「おこしやす」

真っ白な割烹着《かっぽうぎ》を着た女将のフミさんが迎えてくれた。

「今夜はずいぶん賑《にぎ》わっているね」

予約をしておいてよかった。八席あるカウンター席の六席は埋まっていて、空いているのは、いつもわたしが座る席と、予約席の札が置かれた隣の席だけだ。

「今年の桜はおおかた終わったんどすけど、まだまだ皆さんお花見気分どっしゃろな」

菜箸をおでん鍋の中に入れて、フミさんが店の中を見まわした。

「先生こんばんは。今日は明石からええ鯛《たい》が入ってます。お造りにでもしましょか」

板前のヨシトが声をかけてくれた。

フミさんの甥《おい》だというヨシトの姓は、初対面のときに聞いたはずなのだが、うっかり忘れてしまった。まぁ、板さんと呼んでも返事をしてくれるのだから問題はない。

ヨシトは客に軽口を言いながら、ひょいひょいと料理を作る、至って気楽なふうだが、料理の腕前はなかなかのものだ。

「薄造りにしてください。お酒は〈澤屋《さわや》まつもと〉の純米を常温で」

注文を終えて、少しばかり鼻を高くしたのをフミさんに気付かれただろうか。

京都に移り住んで半年を過ぎ、ようやくこういう店での注文のしかたに慣れてきた。学部長の山際に奨《すす》められて、初めてこの店を訪れて注文を訊かれ、おまかせでお願いしますと言ったら、フミさんにたしなめられた。自分の食べるものくらい自分で決めろ、と。

「注文のしかたも堂に入ってきはりましたな」

「おほめにあずかって恐縮です。フミさんに鍛えられたおかげですよ」

「今のお方は、おまかせ割烹ばっかり行っとぉいやすさかい、うちみたいな店では、よう注文しはらへん。困ったことですわ」

フミさんがカウンターに置いたのは、白磁の皿を受け皿にした古伊万里《こいまり》の蕎麦猪口《そばちょこ》だ。そこへ〈澤屋まつもと〉をなみなみと注ぐものだから溢《あふ》れてしまう。受け皿で受けた酒は、最後に猪口に移して飲むという愉しい趣向になっている。

「桜鯛の薄造りです。芽ネギか大葉を巻いてポン酢で食べてください」

染付の丸皿に盛り付けられた鯛の造りは、フグ刺しのように薄く切られ、時計のように並べられている。同じ鯛でも秋は紅葉鯛《もみじ》といい、春には桜鯛と呼ぶ。季節を重んじる日本料理ならではだ。

「ポン酢に添えてあるのは、モミジおろしと違うて、ツバキおろしですしね」

ヨシトが付け足した。徹底した季節感だ。

「ほんで『鐵輪の井』では、なんぞ収穫がおしたんか？」

今日のできごとが葵からフミさんに伝わっていたとしても何ほども不思議はない。なぜなら、ここが京都だからだ。

謎の老女のことも含め、『鐵輪の井』で見た一部始終をフミさんに話すうち、あっという間に猪口の酒がなくなり、受け皿にこぼれた酒を猪口に移した。

「まさかそのペットボトルを持って帰ったりはしてはりませんやろな」

フミさんが葵と同じような目つきをした。

「英国紳士たるもの、そんなみっともないことはしません」

つい昔の癖で鼻の下をなぞったのだが、こちらに来てひげを剃《そ》ったことを思いだした。

「にわかには信じはらへんと思いますけど、昭和のはじめころに、あの井戸の周りを発掘したら、ようさん五徳が出てきたんやそうでっせ。それもロウがこびりついたんが」

フミさんが声をひそめた。

こういう話を聞いて、まさかと思うのはこれで何度目になるだろう。

「おあとはどないしはります？」

皿も猪口も空になったのに、フミさんが目を留めた。

「おでんをみつくろいで。お酒は同じのでいいです」

黙ってうなずいたフミさんが、おでん鍋から菜箸で取りだしたのは、太いタコの足と、串に刺したツミレ団子だった。

「辛子《からし》でもよろしおすけど、粉山椒《こなさんしょう》を振ってもろたら美味しおっせ」

フミさんの奨めにしたがって、山椒を振りかけたツミレ団子は京都には珍しく野性味溢れるワイルドな味わいだ。

「スッポンと鴨《かも》をミンチにして、ヨモギの刻んだんを混ぜてツミレにしてます。桜が終わって、藤の花が下がるまでだけのうちの名物どす」

串から外したツミレに刻み生姜《しょうが》を載せ、粉山椒をたっぷり振って口に入れると、この世のものとは思えぬ至福の味がする。

「今日のタコは明石で揚がったものやから、一段と美味しいと思いますよ」

酒を継ぎ足しながらヨシトが口をはさんだ。

鯛だけではなく、タコも明石の名物だったのだ。嚙《か》むまでもなく、ほろほろと身が崩れ、磯の香だけが口の中に残る。菊乃の父がタコ入道と呼ばれていた話を思いだして、吹き出しそうになった。

「どないしはりました?」

「菊乃さんのお父さんがタコ入道と呼ばれていたってご存じでしたか?」

ツミレを嚙みしめて、春の香りを愉しんだ。

周囲の話し声に紛れて聞こえなかったのか、フミさんは無言でおでん鍋を見つめている。

「久しぶりに菊乃さんの珈琲を味わってきました」

言葉を足した。

「そうどしたか」

　フミさんが表情を暗くしたのには何か理由がありそうだ。それと関係があるかどうか分からないまま、すれ違った男との面妖な話もすると、フミさんの額のしわがいっそう深くなった。

「八年ほど前の、ちょうど今ごろの季節やったか。人手が足りんようになって、滅多にせえへんのどすけど、組合に頼んで先斗町通に求人の貼り紙をしたんどす。そしたらまだ押しピンで貼ってる最中やいうのに、背中に視線を感じましてな。それが菊乃ちゃんとの出会いどした」

　フミさんが周囲を気遣うようにして、静かに語りはじめると、ヨシトはすーっと離れていった。見事な呼吸というべきなのだろうが、わたしにはまだこの間合いというのがよく分からない。

「エビス先生には誤解されとぅないさかい、ちゃんと伝えてほしいて、夕方に菊乃ちゃんから電話がありましたんや」

　ヨシトが他の客と話しはじめたのをたしかめて、フミさんに訊き返した。

「誤解というのは？」

「菊乃ちゃんのお店でのこと。エビス先生が不思議に思うてはるやろて、菊乃ちゃんが気にかけてはりましてな。エビス先生のことやさかい、きっといろいろ調べてみはるに違いない。今どきはネットやとかを見はったら、あることないこと、いっぱい書いておす。ほんまのことを話してくれと」

まさにそのとおりで、今夜にでも菊乃の実家の旅館のことなどを調べてみるつもりだったのだ。

ゆっくりと杯《さかずき》に口をつけると、フミさんが話を続けた。

「菊乃ちゃんのお父さんが〈旅荘須磨〉ていう旅館をやってはったことはお聞きになりましたやろけど、その宿をえろう気に入らはって、ひと月ほど借り切らはった作家はんがやはったんやそうです」

「旅館を一か月借り切るなんて、よほど裕福な作家なのでしょうね。わたしの財布だと三日も持たない」

「菊乃ちゃんの話やと、民宿みたいなもんやそうやさかい、大した金額やおへんやろ。今話題のほれ、あれどすがな」

「ミンパク」

「そうそう、それそれ。宿ていうても母屋は住まいと一緒になってたらしいて、そうなると当然のことどすけど、家族とも親しいなりますわな」

わたしはミンパクに泊まったことはなく、新聞やテレビでしか知らないが、田舎の民宿には何度も泊まった。そこではたしかに宿の家族と一緒に愉しく過ごしたものだ。

「その作家はんは菊乃ちゃんに惚《ほ》れてしまわはったんどす。菊乃ちゃんは菊乃ちゃんで、子どものころから本の虫て呼ばれるほど、文学に憧れてはったもんやから、いつしかええ仲になってしもうた」

「そうでしたか。あの菊乃さんが作家と……」

珈琲を淹れているときの菊乃の横顔を思い浮かべると、相手の作家というのがどんな人物なのかが気になってしかたがない。

「お相手の作家はんは妻子持ちやさかい、不倫関係っちゅうことになりますがな。なんぼ作家はんのお住まいは遠く離れた東京やいうても、奥さんの耳に話が届かんはずがない。お決まりの修羅場ですわ」

フミさんはおでん鍋から、べっこう色に染まった大根と玉子を皿に載せてわたしの前に置いた。

箸で半分に切った大根に辛子を塗って口に運び、話の続きを待った。

「エビス先生はどうか知りまへんけど、作家はんっちゅうのは一途《いちず》なんどすな。離婚して菊乃ちゃんと一緒になろうとしはった。けど奥さんはそない簡単に別れようとしはるわけがおへん。可哀《かわい》そうに、菊乃ちゃんはおろおろするばっかりやったそうです」

不倫を承知で男と恋愛してしまったのだから、可哀そうというのは少し違うような気もする。本当に可哀そうなのは奥さんのほうではないか。

「菊乃さんは身を引こうとしなかったのかね」

「頭ではそう思うてても、気持ちのほうは一歩も引けん。若いときの女はみなそんなもんどっしゃろ」

「やっぱり悪いのはその作家だな」

「自分でもそう思わはったんやと思います。作家はんは瀬戸内フェリーから身を投げて自殺しはりました。鳴門《なると》の渦に巻き込まれてしもうたんか、死体は見つからんかったそうでっけど」

フミさんの声が一段と低くなった。

「ところで、その作家というのは有名な人だったのですか?」

「ナンタラていう文学賞も取ってはったそうやさかい、そこそこ有名やったんと違いますやろか。たしかミナモトトオルていう名前どした」

ミナモトトオル。すぐに顔が思い浮かぶというほどではないが、記憶の片隅にその名前は残っている。純文学の中堅作家で、三冊ほど英国でも翻訳本が出版されていたはずだ。

「菊乃さんとはずいぶん歳が離れているように思うのだが」

酒の味が苦くなったような気がした。

「ご存じどしたか。菊乃ちゃんが二十四歳、作家はんのほうは五十二歳やさかい、三十近《ちこ》ぅ離れてたんどすな」

フミさんが小さくため息をついて、おでん鍋の前を離れた。

苦い酒をこれ以上飲むと悪酔いしそうだったので、〆《しめ》もあきらめ早々と〈小料理フミ〉をあとにした。

タクシーで新夷町の自宅に戻ってパソコンと向かい合い、今日のできごとを整理した。

〈ブッシュミルズ〉の十年をなめながら、デジカメで撮った写真をインポートしたが、やはり菊乃の店で会った男の姿はまったく写っていない。しかし階段は濡れている。雨など一滴も降らなかったのに。

まるでそれが番茶でもあるかのように、グラスになみなみと〈ブッシュミルズ〉を注いで、喉に流し込んだとき、更なる偶然に行きあたった。

検索をかけると、ミナモトトオルは水元徹というペンネームだと分かった。

あの階段ですれ違った下駄ばきの男。もしや……。


散らかしたあれこれを片付けなければという気持ちはあるのだが、どうにも身体《からだ》が付いていかない。なんとか顔だけは洗ったところに、葵がやってきた。

これ以上ないほど機嫌の悪さを顔に表して、葵は茶を点てている。

「お酒に飲まれるようでは人間失格やて、いっつも言うてはったんはどなたでしたかいな」

師匠の辰子先生が見たら即座にお叱りになるだろうと思うほど、茶筅《ちゃせん》の動きが荒っぽい。

「面目ない。それしか言えんよ」

重い頭を支えるのがやっとで、何度も生あくびを呑み込んだ。

「せっかく『紫野源水《むらさきのげんすい》』さんで〈裏桜〉をこしらえてもろたのに、その様子ではお味も何も分からしまへんやろ」

黒塗りの菓子皿に淡い桃色の生菓子を載せて、葵がぶっきらぼうに差しだした。

酔って記憶をなくすなど、それこそ記憶にないほどなのだが、それほど昨夜は大きな衝撃を受けたということなのだろう。

それにしても〈裏桜〉とは、なんと美しい菓子なのだろう。桜の花を裏側から見る意匠など、思いつきもしなかったが、たしかに表だけでなく、桜の花は裏側も可憐《かれん》で美しい。ベストコンディションで食べたかったと思っても後の祭りだ。

「そのご様子やと、今日の『城南宮《じょうなんぐう》』さん行きはご無理みたいどすな」

葵に言われて思いだした。今日は『城南宮』の〈源氏物語花の庭〉に咲いている藤の花を観に行く予定だったのだ。

「二日酔いごときで予定を変更するなど、英国紳士にあるまじき行為だ。予定どおりに行くよ」

「うちの運転でも大丈夫どすか。車酔いせんといとぉくれやっしゃ」

お世辞にも上手とは言えない葵の運転で、京都の南の端まで行かなければと思うと、いささか自信がなくなってきた。

「途中で『志津屋《しづや》』のカツサンドでも買《こ》うていきましょか」

抹茶碗《わん》をわたしの前に置いた葵の提案は、わたしの心を軽くした。

「支度するから、少し待っててくれるかな」

立ち上がって二階へ上がろうとして、玄関先に置かれた、籐《とう》のバッグが目に入り、いっぺんに目が覚めた。

葵の籐のバッグから顔を覗かせているのは、昨日あの『鐵輪の井』に置かれていたのと同じペットボトルではないか。

青い字で〈マロッ〉と記されたラベルが印象に残っている。

「このペットボトルは？」

片付けをしていた葵を呼んで訊いた。

「菊乃ねえさんと一緒に泊まった『舞子ビラ』はんで買うたんです。まろやかで美味しいミネラルウォーターやけど、このペットボトルは神戸にある四軒の宿でしか売ってへんていう貴重なもんなんどっせ。飲んでみはりますか？」

とても偶然だとは思えない。縁切り祈願の井戸に置かれていた光景を思いだして身震いした。

「遠慮しておくよ」

「お顔の色が真っ青どっせ。お風邪でもひかはったんと違います？」

葵が心配そうにわたしの額に手のひらを当てた。

あのペットボトルを井戸に置いて縁切り祈願したのは、葵と菊乃のどちらなのか。

「熱はおへんな。大丈夫どす。しっかりしとぉくれやっしゃ」

背中をたたかれて振り向くと、なぜか菊乃の哀《かな》しげな横顔が浮かんだ。

第三話　六道の辻

1

しとしと。そんな音が本当に聞こえてきそうな雨が降っている。

梅雨入り宣言が出てから一週間ほどは、ほとんど雨は降らなかったので、今年はカラ梅雨ではないかと、近所のおばちゃんたちは言っていたが、どうもそうではなかったようだ。

同じ梅雨でも、東京のそれとは明らかに違う。雨の降り方や身にまとわりつく湿気にすら、そこはかとない情緒を感じさせるのが京都の梅雨というものである。

毎日ずっと降り続けているわけではないが、どんよりと重い雲のすき間からしとしとと雨が落ちてくるようになって、今日で三日目になる。新夷町の我が家の庭のあちこちにも、土色の水たまりができた。

「ほんまにうっとぉしおすな」

縁側に近い座敷で茶を点《た》てながら、九条葵が梅雨空に目を遣《や》った。

「その、うっとうしいというのは、英語だと annoying になるのだろうが、わたしは梅雨が迷惑だとは思わんよ」

いつものように作務衣《さむえ》姿で縁側に座りこみ、水無月《みなづき》と名付けられた和菓子を黒文字で半分に切った。

水無月というのは六月三十日に行われる〈夏越《なごし》の祓《はらえ》〉という行事のときに食べる菓子で、白いういろうの上に小豆の粒が載り、三角形をしている。

〈夏越の祓〉とは、半年間のけがれを祓《はら》い、残り半年間の無事を願う厄払いの行事だ。京都市内のあちこちの神社の境内には、茅《ち》の輪《わ》と呼ばれる、草で編んだ丸い輪が設けられ、それをくぐることで病気や災厄を逃れられると言われている。

しかし、ただくぐるだけではない。輪に正面から入り、そのあと八の字を描くようにして、左回り、右回り、左回りと三回くぐるのだ。更にはくぐる前に一礼をし、〈水無月の　夏越しの祓する人は　千歳《ちとせ》の命　のぶというなり〉と唱えなければならない。これを迷信だと思ってバカにするようでは、京都に住む資格はない。まじめな顔で茅の輪をくぐらずして、七月以降を無事に過ごせないのが京都という街なのである。

などと、えらそうなことを言っているが、東京に住んでいるときに『神田《かんだ》明神』でただ一度経験しただけで、京都ではまだ一度も茅の輪をくぐったことがない。

東京では『神田明神』のほかには、『東京大神宮』や『芝《しば》大神宮』など大きな神社でしか見かけなかったが、驚いたことに、京都では多くの神社にこの茅の輪が設置されている。さもそれが当然と言わんばかりに、京都に住まう老若男女は慣れた足つきで茅の輪をくぐる。東京と京都では、歴史の重みがまったく違うと実感するのは、こんなときである。

水無月という菓子を食べるのも、茅の輪をくぐるのと同じ意味合いで、厄払いの願いが込められている。

白い三角形は氷を模しているらしく、昔は山の中の氷室《ひむろ》に保存しておいた氷を、無病息災を願って食べたことに由来するのだそうだ。

もっともそれは裕福な貴族に限られた、とても贅沢《ぜいたく》なおこないであって、夏に氷を食べるなど一般庶民には縁遠い話だった。だがこの水無月という菓子なら、さほど高価なものではないので、誰でも食べることができたというわけで、今の時代にまで続いているのである。

つまりこの水無月という菓子は氷の代用品なのだが、歯に染みるような冷たいものが苦手なわたしには、こちらのほうが有難い。

「東京のお菓子屋はんでも売ってはりましたやろ」

水無月を珍しがっているのが葵には不思議なようだ。

街なかのどんな小さな神社にも茅の輪が設《しつら》えてあるのと同じく、京都の和菓子屋の店先にはこの時季、必ずと言っていいほど水無月菓子が店頭に並んでいるのだから、葵が不思議がるのももっともなことだ。京都だけの当たり前は、四季を通じてたくさんあるようなので、これからも愉《たの》しみだ。

雨降りだからなのか、葵はいつもと違って、淡いブルーのフレアスカートに、サーモンピンクのブラウスというフェミニンな出で立ちだ。それでいくらかおしとやかに見えるのだから、女性の服装というものはあなどれない。

「捜せばあったのだろうけど、少なくともわたしの目には留まらなかったんだよ。こんな形の菓子だったらすぐ目につくはずなんだが」

葵が点ててくれた抹茶は苦みが効いていて、梅雨でゆるんだ気持ちを引きしめてくれる。

「東京のお菓子屋はんは作らはらへんのやろか」

葵が小首をかしげた。

「今日のお菓子はどこのお店の？」

「『中村軒』さんどす」

「あの桂《かつら》の？」

「そうどす。やっぱり美味《おい》しおすやろ」

『中村軒』というのは、『桂離宮』のすぐ傍《そば》にあって、名物の麦代餅《むぎてもち》をはじめとして、素朴な和菓子を作り続けている老舗だ。明治三十七年の建築だという茶店は昔ながらの情緒を湛《たた》え、ここの座敷に上がり込むとタイムスリップしたような気分を味わえる。

「もちろん美味しいけど、わざわざ桂まで買いに行ってくれたのか？」

「おんなじ食べるんやったら美味しいほうがよろしおすやろ？」

「そりゃそうだけど」

「もう一服いかがです？」

「充分でございます」

いつものように丁重に頭を下げた。

こういうことに対する京都人の情熱というか意気込みは並大抵ではない。

車ならひとっ走りだとは言え、わずか二個の水無月を買うためだけに洛外《らくがい》の桂まで足を運ぶのだ。新夷町の我が家から桂の店までを往復するのに、いったい何軒の和菓子屋を通りすぎることか。

そのいっぽうで、どんなに美味しい菓子であっても、長い行列に並んだりは決してしないのも、京都人の特徴というか摩訶《まか》不思議なところだ。

菓子ひとつでも、葵が遠くまでわざわざ買いに行ってくれたと思うと、味の余韻もいっそう深くなる。どうせならもうひとつくらい食べたかった。

「けど、ほんまに大丈夫どすか。去年みたいに腰抜かしたりせんといとぅくれやっしゃ」

葵が茶器を片付けはじめて、話の向きを変えた。

英国を代表するミステリー作家と言われているが、実は人一倍の怖がりである。怖がりという存在は困ったことに、怖いものが大好きなのである。日本には〈怖いもの見たさ〉という言葉があるが、それはわたしのためにあるようなものだ。

住まいを捜すために、去年の夏に京都を訪れたときのことだった。わたしの京都暮らしをサポートしてくれる葵と一緒に、何軒かの不動産屋をまわったが、これぞと思う物件は見つからなかった。

遅い昼食を摂《と》るために、葵とふたりで『HUB』に入った。どこの街にでもあるようなありきたりの店だが、英国を懐かしむには恰好《かっこう》のメニューが揃《そろ》っている。いつものようにビールで喉を潤しながら、フィッシュアンドチップスをつまんでいたときである。

何がきっかけになったかは忘れてしまったが、幽霊の話になり、すぐ目の前の京都タワーにお化け屋敷があるから行ってみようと葵が言いだしたのだ。

ビールの勢いもあり、そのお化け屋敷に出かけてみた。ホラーハウスと言っても、観光名所の中にあるのだから、子どもだましのちゃちなものだろうとたかをくくっていたのがいけなかった。

次から次へと出現する、想像だにしなかった怖《おそ》ろしい仕掛けに、情けないかな腰を抜かしてしまったのだ。

大声を上げて逃げ回るだけでなく、顔一面を血だらけにした落武者姿のおばけを思いきり蹴飛ばしてしまい、係員にひどく注意されたりもしてしまった。

そんなわたしの傍らで、葵は怖がるどころか、小馬鹿にするように、ずっと笑っていたのだ。

「そやかて、こんな作りもんやのうて、京都にはほんまもんの幽霊はんが、ようけおいやすさかい」

葵はさらりとそう言ってのけた。

それまでかろうじて保っていたわたしの威厳は、このとき葵の前で雲散霧消してしまった。

京都タワーを出て、京都駅に向かう道すがら、名誉挽回《ばんかい》をはかろうとしたわたしは葵に言った。

「では、京都に移り住んだ暁には、ほんまもんの幽霊はんとやらに、ふたりで会いに行こうではないか」

「よろしおすけど、こないみっともないことは堪忍どっせ」

悔しいが返す言葉がなかった。

それからである。京都タワーを見上げるたびに心がふさぐようになってしまったのは。

わたしは古い文献をあさり、京都と幽霊の関係を念入りに調べあげた上で、梅雨のさなかの今日、リベンジを果たそうとしているのである。

目指すのは、あの世とこの世の境目にあると言われる〈六道《ろくどう》の辻《つじ》〉だ。

この時季は服装に困る。雨は上がったようだし気温的には半袖シャツ一枚でよさそうだが、また降りだす可能性も高いので、Tシャツの上にベージュのブルゾンを羽織ることにした。

2

河原町今出川のバス停から二〇五系統の京都市バスに乗って、河原町松原のバス停で降り、松原通を東に向かって歩く。傘は持ってきたが、どうやら開かずに済みそうだ。

さすがに昼日なかから幽霊は出ないだろうが、〈六道の辻〉へ近づくにつれ、なんとなく涼風を感じるようになった。

いつ幽霊と出会うか分からないというのに、葵の足取りは極めて軽く、口笛なども吹きながらわたしの先を歩いている。

「ここが地獄への入口どすさかい、幽霊はんもたんとおいやすえ」

〈六道の辻〉と刻まれた石碑の前で、こともなげに葵が言ってのける。碑のうしろに建つ朱塗りの山門は、たしか『六道珍皇寺《ろくどうちんのうじ》』のもののはずだ。地獄で閻魔《えんま》大王のアシスタントを務めていたとされる、タカムラ・オノは、この寺の境内にある井戸から地獄へ出向いたという。葵の言うとおり、ここは地獄へ通じる入口なのだ。

コホン。わたしはひとつ咳《せき》ばらいをして、辺りを注意深く見まわしたが、幽霊らしきものは見当たらない。だが、首筋のあたりに何やら冷たい風が当たり、ときにそれは人の手のような気もするのだ。

「どないしはったんです？　えらいお顔の色が青おっせ」

葵が振り向いた。

「いや。なんでもない」

首筋を手で払い、強がってはみたものの、今度は服を通して、背中のあたりを指で突《つっ》かれたような気がする。思わず振り向いたものの、人影ひとつない。

「せんせ、早《はよ》ぅおいでやすな」

踵《きびす》を返し、西へ向かって先を歩く葵が手招きしている。

「そんなに急がなくてもいいじゃないか」

てっきり『六道珍皇寺』へお参りするものだとばかり思っていたが、葵には他にお目当てがあるようだ。まさか本物の幽霊に会いに行くわけはないだろうが、どうにも足が前に進まない。

「幽霊に会いたいんでっしゃろ。早うせんと帰ってしまわはりますえ」

「幽霊が帰る？　どこかと掛け持ちのアルバイトでもしているのかね」

「えらい余裕どすな」

葵が不敵な笑みを浮かべた。

「この前みたいに腰を抜かさんといとぅくれやっしゃ」

真顔でそう言って、葵は小さな寺の前に立った。こうして、いやなことを思いださせるのも、京都人の特徴だ。

山門には『西福寺《さいふくじ》』と記されている。一見したところ幽霊寺には見えない、ふつぅのお寺だ。

「ここのお寺さんには、フクさんていうおばあさんがおいやして、その方とお約束してますねんよ」

「フクさん？　ひょっとして〈小料理フミ〉のフミさんと姉妹だったりするんじゃないか？」

京都の人たちはたいていどこかでつながっている。フミさんとフクさんが双子の姉妹だったとしても不思議ではない。

「そんなことはないと思いますえ。全然似てはらへんし」

「で、そのフクさんが幽霊を紹介してくれるのかな」

「うちが子どものころに悪さしたら、母親によう言われたもんどす。――そんな悪さしたら『西福寺』のフクさんとこへ連れて行くえ！　――て。そのときには、いっつも〈九相図《くそうず》〉を見せられるもんやさかい、おもらししてしまうくらい怖かったんどす」

「〈九相図〉というのは、例の死体が腐ってゆく仏教絵画のことだね。書物でしか見たことがないのだが、子どものころにあんな絵を見せられたら眠れないだろう。その絵とフクさんはどういう関係なんだ？」

「うちにはよう分かりまへんけど、オバケていうたら『西福寺』。『西福寺』ていうたらフクさん。九条の家ではずーっとそうなってますねん。せんせも会《お》うたら分からはります」

葵が背中を押した。

「福という字は中国でも日本でも、おめでたい意味だ。とても幽霊が出るとは思えんが」

わたしは小さな山門をくぐり、おそるおそる中を覗《のぞ》いてみたが、当然のことながら幽霊の姿など影も形もない。

「お嬢さん、えらい遅ぉしたやないの」

テレビでよく見かける、大阪のおばちゃんふうの金髪の中年女性が、奥からぬーっと出てきた。

金髪のあいだに紫色が混ざっていて、アニマル柄の長袖シャツ、黒のスパッツという姿は幽霊に見えなくもないが、いささか俗っぽすぎるように思う。

「すんまへん。ちょっと出るのが遅うなってしもうて。こちらが幽霊を見たいて言うてはるカール・エビス先生」

葵の紹介を受け、わたしは少しばかり鷹揚《おうよう》な姿勢を保ちつつ、軽く頭をさげた。

「物好きなおかたどすな。幽霊いうわけやないんどっせ。幽霊になる前、て言うたらええんかしら。まぁ、どっちゃでもええようなもんどすけど」

大村《おおむら》フクと名乗った女性が鼻を鳴らして笑った。

目にまったく生気は見られないが、声にはわずかな張りがある。八十歳と言われればそう思えるし、六十歳だと言われればそう思えなくもない。年齢不詳の不思議な女性だが、生身の人間であることは間違いなさそうだ。

「わたしは小説を書いている英国人ですが、日本の幽霊にはとても興味があります。今日は本物の幽霊に出会えると聞いて、愉しみにしてきました」

少し固いかなと思いながら、型どおりの挨拶をした。

「百聞は一見に如《し》かず、て言いますやんか。とにかく見とぉみやすて」

葵の言葉にしたがい、靴を脱いで、本堂というには簡素すぎる板間に上がり込むと、普段は公開されていないという、九相図が飾られていた。

「これは〈檀林《だんりん》皇后九相図〉て言いましてな、平安時代の皇后さんの身体《からだ》が朽ち果てる様子を、九つの段階に分けて描いたもんどす。て言うても外国のかたには分かりまへんやろな」

分かるもなにも、フクさんの説明すら耳に入らず、おぞましい絵から思わず目をそむけてしまったほどだ。

残酷というひと言では語り尽くせない絵は、適度にリアルで、幼少時の葵の体験には同情を禁じえない。

「昔のことですさかい、ほんまに皇后さんの亡骸を見て描いたもんやおへん。朽ちてゆく様子を想像しながら絵に描いて、人の世の無常さを悟らせようとしたもんですねん」

まさに〈六道の辻〉にふさわしい絵だ。

「せんせ、大丈夫どすか」

わたしの顔を覗きこむ葵は心配しているふうを装ってはいるが、この場に倒れ込むのを期待しているふしがある。

「絵空事とはよく言ったものだ。子どもならいざ知らず、おとなから見れば滑稽なマンガだよ。みじんも怖さなど感じないな」

葵は冷ややかな目でわたしを見ている。

ふつう掛け軸というものは床の間に掛けるものだが、この九相図は西福寺の部屋中に掛けてあるので、嫌でも目に付く。極力、絵に焦点を合わせないようにして、歩き回った。

「ほな、次の地獄絵図にいきまひょか」

フクさんが立ち上がった。

まだあるのか。もう要らん。と言いたかったが、葵の手前、口が裂けても言えない。

それにしても、こんなところによく人が住んでいるものだ。〈六道の辻〉というのは、仏教という一宗教の考え方とはいえ、たしかにこの世とあの世の境である。そんな場所に住み、にこにこ笑って暮らせるとは、どうにも信じがたい。

しかし、と思いだした。帰ってしまうと葵が言っていたから、フクさんはここに住んでいるわけではないのだろう。

一刻も早くこの界隈《かいわい》から逃げ出したいという、わたしの思いを察してくれたのか、葵はフクさんに礼を述べて立ち去る素ぶりを見せた。

「へ？　もう、よろしいんか。お茶でも飲んでいかはったらええのに」

物足りなさそうにしているフクさんに別れを告げて、葵はさっさと本堂をあとにした。

葵に救われた感は否めない。

「せんせには、ちょっときつおしたやろな」

靴をはきながら葵が振り向いた。

「少々あまくみていたようだ。しかし所詮は作りものじゃないか。絵に描いた餅ならぬ、絵に描いた幽霊」

なんとか無事に脱出できたことで、少し気持ちに余裕が生まれた。

「作りもんのオバケに腰抜かさはったんは、どこのどなたでしたかいなぁ」

山門を出たところで、葵が立ちどまった。

わざわざ歩みを止めてまで嫌味を言わなくてもいいようなものだが。このぶんだとあのときのことは一生言われ続けそうだ。

もう少しフクさんの話を聞いてみたかった気がする。

「フクさんとは余計な話をしたらあかん。母親に連れられて、初めて『西福寺』さんへ寄せてもろたときにそう言われたんどす」

おおかたの京都人と同じく、葵は人の気持ちを見抜くことに長《た》けている。長居を避けたのは、わたしに余計な話をさせないためだったのだ。

松原通に出た葵は真向かいの人だかりに目を遣って、小首をかしげた。

「えらい人気になってしもうて」

「〈京名物子育飴《あめ》〉。古そうな飴屋さんだね」

京町家というほどでもないが、二階建てのしもたやふうの家の軒先に看板があがっている。店は地味だが、商品名を記した赤いのぼりが目立っている。

「幽霊飴ていうんどすけど、妊娠中に亡《の》うなった母親が、お墓の中の赤子に飴を食べさせて育てたていう伝説がありますねん。幽霊になった母親がその飴を買いに来たんがここやと言われてます」

「そう言えば幽霊って書いてあるね。ただの子育てじゃなくて、幽霊が子育てしてたってわけか」

「しばらく前までは知る人ぞ知るていう存在やったんどすけど、最近はえらい熱心にお商売してはるみたいで」

いつの間にか行列ができているのを、葵は冷ややかに横目で見た。

かつては地味な商いだったのが、近年になって商売気をだしてメディアに頻繁に露出するようになると、冷淡になるのも京都人の特徴だ。

洛中にある東西の通りはわらべ歌になっていて、子どもでも諳《そら》んじられる。丸竹《まるたけ》夷《えびす》から始まって、最後はたしか九条大路《くじょうおおじ》だったと記憶するが、松原通はその後半のほうに登場する。

もともと今の松原通は五条通と呼ばれていたという。豊臣秀吉が都市改造をした際、五条通を南に移し、広い通りにしたのだそうだ。そう言えば、ほかに比べて四条と五条のあいだは間隔が開きすぎだと思っていた。

そんな松原通をあとにして南へ進む。この方向だときっと葵は『六波羅蜜寺《ろくはらみつじ》』へ連れていってくれるのだろう。

「『六波羅蜜寺』にも幽霊がいるのかい？」

「ここの町名、お読みになれますか？」

葵はわたしの問いかけには答えず、路地の入口に貼られた看板を指した。

「これはたしか、ろくろだったな。あのぐるぐる回る陶芸の道具だろ。この辺りは京焼の産地だから、それにちなんで付けられた町名だろうね」

「さすがどすな。こない難しい漢字の意味をご存じやなんて。けど、ずっと前は違う町名やったんどすえ。字はよう似てるんやけど」

「よく似た字？　……。ひょっとして」

嫌な字を思いだしてしまった。

英国で漢字の勉強をしているとき、画数の多い、非常に込み入った二文字の漢字があって、読み方も見た目もそっくりなことに不思議な思いを抱いたことを思いだした。しかし、まさかドクロなどという字を町名にしたりはしないだろうと思ったが、そのまさかだった。そのわけを葵が説明してくれた。

「ここから東の清水《きよみず》さんのほうまで、昔は鳥辺野《とりべの》て呼ばれてたんやそうです」

「鳥辺野といえば葬送の地だね」

「そうどす。せんせのお国ではどうや知りまへんけど、昔の日本はたいてい土葬やったみたいで、常はそれほど混み合わへんけど、疫病が流行ったりして、ようけ死人がおいやすと、この辺は長い行列ができて、なかなか行き着けへん。辛抱たまらんようになった人は、あきらめてこの辺に亡骸を置いていかはる。それを鳥やらがついばんで、骸骨になる。それで髑髏町《どくろちょう》ていう町名になってしもた。けど、それではあんまりやということで、轆轤町《ろくろちょう》に替えはったんやそうでっせ」

実に理路整然とした話だ。髑髏から轆轤へ。字面も読み仮名もよく似ているから、無理なく町名変更できる。うまく考えたものだ。

いったんはそう感心したものの、よくよく考えればマユツバ話に思えてきた。あまりにできすぎた話というのは、往々にして作り話だったりするのは日本も英国も同じだ。

結局葵は『六波羅蜜寺』へは入らず、松原通に戻って、大黒町《だいこくまち》通を南に下り、右側に見える小さな山門の前で立ちどまった。

「ここにも幽霊がいるのかね」

京都の街なかのどこにでもあるような山門から、奥に続く狭い参道を覗きこんだ。

「こちらは『寿延寺《じゅえんじ》』はん。うちらは〈洗い地蔵〉はんて言うてます。せんせには、あっちのひとが、ようけ付いて来てはります。ここのお地蔵さんを洗《あろ》うてもろたら、幽霊はんが消えてくれはりますさかい」

両手を合わせてから、葵が山門をくぐった。

「お参りすると心が洗われるという話はよく聞くのだが、お地蔵さまを洗うなんて聞いたことがないぞ。しかも幽霊が消える？」

「洗い地蔵さんは、なんでも癒してくれはる。ありがたいお地蔵さんでっせ。ほんまはお地蔵さんやのうて、浄行菩薩《じょうぎょうぼさつ》はんどすけど、まぁ難しい話は横に置いといて、とにかくお参りしまひょ」

葵が先を急いだ。

幽霊が現れたり消えたりする。京都に住む前なら、そんなバカなと一笑に付すところだが、今ではさもありなんと思ってしまう。

それほどにこの十か月ほどのあいだに経験した不思議な現象は、これまでのわたしの常識を根本から覆すものなのである。

『寿延寺』は小さな山門からは思いも寄らないほど中にはいろんなものが祀《まつ》られている。

〈大黒堂〉、〈十禅大明神〉、〈日蓮上人御廟所《にちれんしょうにんごびょうしょ》〉とそれぞれに由緒があるのだろう。本堂までまっすぐ続く細い参道の右手に〈洗心殿〉があり、ここに葵がいうところの〈洗い地蔵〉が祀られている。

「うちの言うとおりにしとぅくれやっしゃ。手水鉢《ちょうずばち》から水を汲《く》んできて、洗い地蔵はんにお水をかけます。そのあと洗い地蔵はんの身体をタワシでこすります。そのときに、自分の身体の悪いとこと同じとこをこすることになってます。せんせは肩のとこに幽霊はんが付いてはるさかい、そこを手でこすっとぅくれやす。ほんで南無妙法《なむみょうほう》蓮華経《れんげきょう》を唱えたら、幽霊はんが消えてくれはります」

こういうことは真剣にやらないとバチが当たる。葵の指示どおりに地蔵さまを洗って、最後に手を合わせると、不思議なことに肩がすーっと軽くなった。

驚いた顔を向けると、葵は当然と言わんばかりにうなずいて、にっこりと笑った。

「すぐ近所に美味しい洋食屋さんがありますねん。ご飯食べしまひょか」

葵の言葉に異論をはさむ余地などない。

「いいねえ。洋食でワインにしよう」

「『富久屋《ふくや》』はんにワインあったやろか」

葵が首をかしげた。店は『富久屋』というようだ。

「さっきのお礼にフクさんを誘ったらどう?」

富久とフクをかけたオヤジギャグのつもりだったが、葵は意外な答えを返してきた。

「フクさんはご飯を食べはらへんて聞いてます」

葵はしごく真顔だ。

「なぜ? 拒食症とか?」

「フクさんは食べんでも平気らしおすねん」

「そんな人間いるわけがない」

一笑に付した。

「人間どしたらね」

きらりと光る葵の目を見て、わたしは背筋を寒くした。

『寿延寺』から、『グリル富久屋』までは歩いて五分と掛からなかった。

外観はといえば、京都の街なかによくある喫茶店といった感じで、たしかにワインを置いているような雰囲気はない。

店の中に入ってもその印象は変わらず、ただひとつ、舞妓《まいこ》や芸妓《げいこ》の名前が入った丸うちわが壁に飾られていることが、並の喫茶店との違いを見せつけている。

「ひょっとして葵ちゃん?」

水を持って来た女性が葵の顔を覗きこんだ。

「はい。九条葵です。覚えてくれたはったんですか？」

「九条家のお嬢ちゃんの顔を忘れたりしますかいな。けど、懐かしいなぁ。何年ぶりやろ」

「おかあさんもお元気そうで」

「身体だけは元気なんやけど、おつむのほうがな。こちらさんは？」

「カール・エビス教授。イギリスの小説家でうちの教室のせんせ。去年から京都に住んではるんですよ」

「そうどすか。せいだいごひいきに」

女性が愛想笑いを浮かべた。

「〈フクヤライス〉ふたつください」

「特別おいしいのん作るさかい愉しみにしててや」

テレビで時おり見かける、女性どうしの漫才のような掛け合いは、卓球の試合を見ているようでもある。

「勝手に注文してすんまへん。このお店の名物どすねん。きっとせんせもお好きやと思います」

「愉しみにしているよ」

おしぼりでていねいに両手を拭った。

「舞妓ちゃんによう似合うビジュアルなんどすけど、最近はインスタ映えするいうて、外国のかたにも人気のメニューなんやそうでっせ」

「わたしはいっさいSNSをやらんから、よく分からんのだが、インスタグラムで料理の写真を投稿して、何かいいことがあるのかね」

「そんなこと言うてはったら置いていかれまっせ」

「葵は何かやってるの?」

「うちはフェイスブックだけやってますねん。日記代わりになって便利どすえ」

「ならば日記をつければいいではないか」

「ちょっとほかの人にも見てほしいんどす」

葵が口を尖《とが》らせた。

若い女性の心理は、どうもよく分からない。

「お待たせしました。特製〈フクヤライス〉です」

ふたりの前に置かれた料理に目をみはった。実に美しいビジュアルなのだ。

基本はわたしの好物であるオムライスなのだが、クラシックスタイルではなく、いわゆる、ふわとろ系だ。しかしほかと違うのはオムレツに具が載っていること。黄色い玉子にハムのピンクやグリンピースの緑が混ざって、さながらお花畑だ。

「『富久屋』はんは明治時代に創業しはった老舗どすねん。て言うてもこの〈フクヤライス〉は明治時代からあったわけやおへんけど」

葵はスプーンを動かし続けている。

見た目の美しさだけでなく味もいい。こういう料理を日本ではB級グルメと呼ぶ習わしがあるようだが、失礼極まりないと思っている。

とろりとした玉子とケチャップライスのバランスが実にいい。ライスも玉子も残さずさらえた。

「とても美味しくいただきました。こちらのお店は明治時代の創業とお聞きしましたが、屋号にはどんな由来があるのですか」

取材というほどでもないが、明治時代からの洋食屋に興味が湧き、女将《おかみ》らしき女性スタッフに訊《たず》ねてみた。

「明治四十年にできた店やということは聞いてますけど、詳しいことはよう分かりませんねん。写真やとか、創業当時のメニューやらは残ってますけどな」

「それを見せてもらってもいいですか？」

「ちょっと待っとぉくれやっしゃ」

女性は背伸びして棚の上から分厚いアルバムを取りだし、テーブルに置いた。

「これが百年以上も前のメニューですか。ずいぶんおしゃれなものだったんですね」

〈菜単〉は「さいたん」と読むのだろうか。二つ折りになったメニューには〈銭〉の字が並び、長い店の歴史を表している。たしか中国料理もメニューのことを菜単と表記していたような記憶がある。もしかすると以前は中華料理屋だったのではないだろうか。〈フクヤライス〉は天津飯《てんしんはん》に見えなくもなかった。

「ここは最初から洋食屋さんだったのですか？」

「そうみたいどっせ。昔はミルクホールて言うてたみたいですけど」

「ミルクホール？　ミルクを飲ませる店のことかな」

葵に顔を向けたが、大きく首を横に振った。

「うちは聞いたことおへん」

「ミルクで栄養取るいうことやったみたいどす。今の喫茶店みたいなもんですやろな」

女将が話を引き取った。

「富久屋という屋号も最初からでしたか？」

「へえ。富が久しい続くように、いう意味やて聞いてます」

「屋号はそれだけの理由で付いたのですか？」

「それだけやったらいけまへんか」

女将がぶっきらぼうに答えた。いささか機嫌を損ねたようだが、かまわず続けた。

「いえ、いけないというわけではないのですが、ご主人だとか女将さんの名前が関係あるのかなと思いまして」

「それもあったみたいどすえ」

女将がアルバムのページを繰ったことに少しばかり期待がふくらんだ。

「ひょっとしてフクさんという名前が関係しているのではありませんか？」

ミステリー作家の血が騒ぎ始めた。

「よう分かりましたな。さすが小説家はんや。実は初代の主人の娘の名前がフクやったらしおす。可哀《かわい》そうに生まれて一週間も経《た》たんうちに、母子とも亡うなったんどす。初代の主人は、お子が死んでからフクいう名前を付けて、それを屋号にしたんやと聞いてます。そんなご先祖はんのおかげで、うちらは商いを続けさせてもろてる。ありがたいことですわ」

墓石の前で家族が並んだ写真を、女将が見せた。

早矢仕《はやし》家之墓と刻まれた墓石の裏には、早矢仕フクの名前があり、よほど驚いたのか、葵は小さく声を上げた。

「この墓地はどちらのお寺に？」

思わず身を乗りだした。

「西陣にある『立本寺《りゅうほんじ》』いうお寺どす」

女将がアルバムを繰って山門の写真を指さした。

さっきの『西福寺』だろうと確信していたが、さすがにそこまでは合致していないようで、少々がっかりした。

フクヤライスの余韻を愉しみながら、濃いめのコーヒーを飲み、店をあとにした。

「今日はご無事でよろしおしたな」

松原橋を渡り切ったところで、先を歩く葵が振り向いた。

「当然のことだろう。この前はふいをつかれただけだ。身構えてさえいれば、わたしに怖いものなどない」

「けど、フクさんの話は惜しおしたな。あれで『西福寺』はんにフクさんのお墓があったら、せんせの小説のネタにできましたやろに」

葵はすっかりわたしの胸のうちを見透かしている。

「きみの言うとおりだ。それだと幽霊飴の話にもつながるしね。死んだ母親が幽霊になって飴を買いに来た店の向かいがあの寺。完璧な怪異譚《たん》にできたんだが」

「まあ、じっくり構想を練っておくれやす。また幽霊はんを捜しときますさかい」

葵と別れ、河原町松原のバス停から二〇五系統の市バスに乗って新夷町の自宅に戻った。

3

その夜わたしはいつものように、先斗町にある〈小料理フミ〉の暖簾《のれん》をくぐった。予約しておいたので、カウンターの隅っこ、いつもの席を女将の増田フミさんが取っておいてくれた。

ほぼ満席のカウンター席で、わたしの席の隣にはご婦人が座っていて、鮮やかなグリーンのシャツを羽織っている。

軽く会釈していつもの席に腰かけると、フミさんが酒瓶を見せた。

「信州から〈大雪渓《だいせっけい》〉いうお酒が届いたんどすけど、最初はこれでどないです？」

「もちろんお奨《すす》めにしたがいますよ。おでんを適当にみつくろってください」

「先生、今夜は鮎《あゆ》焼きましょか。ちょうどええサイズのが入ってますねん」

板前のヨシトが親指と人さし指をL字型に開いてみせた。

「わたしもいただこうかしら」

「辰子先生じゃないですか」

涼やかな声を出した隣のご婦人の横顔を見て思わず大きな声を出してしまった。

茶の稽古のときはいつも着物姿なので、まさか小石原辰子先生だとは思わなかった。

「たまにはお稽古にもいらしてくださいね」

「大変ご無沙汰をして失礼いたしております」

腰を浮かせて頭をさげた。

「そんな固いご挨拶はこんな場所では似合いませんことよ」

稽古のときには滅多に見せない柔らかい表情は酒が入っているせいなのか。

「こちらにはよくいらっしゃるのですか？」

冷酒のグラスをあげて、辰子先生の杯《さかずき》と合わせた。

「こちらだとエビス先生にお会いできるかしらと思いましてね」

嫣然《えんぜん》とほほ笑む辰子先生の潤んだ目に胸をどきりとさせた。

「辰子はんは、月にいっぺんくらいはお越しになるんどっせ。今までお会いにならなんだんが不思議なくらいどすわ」

丸皿に盛り合わせたおでんをフミさんがカウンターに置いた。

「いつものお稽古のときのお姿しか知らなかったので、すっかり見違えてしまいました」

「いつもはこんな気楽なスタイルなのですよ」

辰子先生は徳利を振って、空になったことをフミさんに知らせた。

「ずいぶんお酒もお強いようですね」

「強いかどうかは分かりませんけど、お酒はなんでも好きですね」

「一度はお酒の稽古もつけてもらわないと」

辰子先生が手酌しようとした徳利を取って、杯に注いだ。

「わたしのほうも小説のお稽古をつけていただかないといけませんね」

辰子先生の前に置かれた小皿にはローストビーフが載っている。わたしなら赤ワインと合わせるところだ。きっと先生は日本酒党なのだろう。

フミさんがみつくろってくれたのは、糸こんにゃく、厚揚げ、タコの足の三種だ。

まずは好物の厚揚げを箸で半分に切って口に運んだ。

「小説のヒントは順調に集まっておりますのでしょうか」

辰子先生はローストビーフにワサビをたっぷりと載せて頬張った。お茶を点てているときの所作とは違い、大胆でダイナミックな動きについ見とれてしまう。

「たくさんあり過ぎて困るくらいです。今日も幽霊に会って来ましてね」

『西福寺』のフクさんのことから、洗い地蔵やフクヤライスのことまで、今日一日に見聞きしたあらましを辰子先生に話した。

「うちも松原へんにはよう行きますけど、『西福寺』のフクさんてな人には会うたこともおへんし、聞いたこともありまへん。葵ちゃんともそんな話したことおへんけどなぁ」

おでん鍋の具を、菜箸で探りながら話を聞いていたフミさんが首をかしげた。

フクさんの声を思いだしながら、フミさんの話を聞くというのは、なんとも不思議な感じがする。

「『立本寺』というのは西陣にある大きなお寺のことでしょうか」

辰子先生には何か思い当たることがあるようだ。

「ええ。そうだと思いますが何か？」

白磁の徳利はすでに空になりそうな軽さだ。

「あちらの寺方の奥さまは昔からのお弟子さんなのですよ。わたしも何度か参拝させていただきましたが、とても広い境内でした」

「辰子先生のお弟子さんには、いろんな方がおられるのですな。わたしも一度『立本寺』へ行ってみようと思っているのです」

「お待たせしました」

笹《ささ》の葉を敷き詰めた丸皿に鮎の塩焼を載せて、ヨシトはわたしと辰子先生のあいだにそれを置いた。

「まあ。いい薫りですこと」

ヨシトが指で示したよりも少しばかり大きな鮎の塩焼が六匹載っている。ふたりで三匹ずつ分けるという意味なのだろう。

「先生、お先にどうぞ」

「蓼酢《たです》を付けて召しあがってください」

わたしとヨシトの言葉を聞いて、辰子先生は取り皿に鮎を載せた。

京都に来て驚いたことのひとつに、この鮎の塩焼がある。東京では大きな鮎が出てきて、その骨をうまく抜き取って食べることを教えられたのだが、京都のこうしたお店ではたいていがこのサイズで、頭から骨ごと食べられる。それは出始めのころだけかと思いきや、秋口になるまでこの大きさの鮎を出す店が多いのだ。もちろん辰子先生も躊躇《ちゅうちょ》することなく、頭からかぶりついた。

「これから当分のあいだ、鮎を愉しめますな」

蓼酢も付けず、手づかみで鮎を口に入れた。

「大原からずっと奥のほうに朽木《くつき》という里がありましてね、そこに美味しい鮎を食べさせてくれるお店があるんです」

「『比良山荘《ひらさんそう》』はんですやろ」

辰子先生の言葉にフミさんがすぐ反応した。よほど有名な店なのだろう。うなずいて辰子先生が続ける。

「先ほど申し上げた『立本寺』の奥さまは食通でいらして、三年ほど前でしたか、お誘いいただいてご一緒したのですが、一度に十四ほども食べてしまいましたのよ」

「十四ですか。辰子先生はご健啖《けんたん》でいらっしゃるんですな。わたしだとせいぜい五匹くらいかと」

「そちらのお店は旅館も兼ねてらっしゃるので泊まることもできるんです。でも熊が出るような山のなかなので、おばけが出そうだから泊まるのはちょっと。そう申し上げると、『立本寺』の奥さまが幽霊のお話をなさいましてね」

辰子先生はあっという間に三匹の鮎を平らげて、杯を傾けた。

「『立本寺』は幽霊の出るお寺なのですか?」

ヨシトに空の徳利を振ってお代わりの合図をした。

「さっきエビス先生がお話しになっていた飴屋さんの話の続きなんです。毎晩一文銭を持って、女性の幽霊がその飴屋さんに飴を買いに来たのですが、七夜目の一文銭は、すぐにシキミの葉に化けてしまったんだそうです。お金をもらおうと飴屋さんが女性の後を追いかけてゆくと、『立本寺』の前で姿を消してしまった。飴屋さんはお寺の方に事情を話して、寺の中を一緒に捜していると墓地のほうから赤ん坊の泣き声が聞こえてくる。慌てて掘り出すとお墓のなかから赤ん坊が出て来たんですって」

辰子先生の語りに、わたしはもちろん、フミさんもヨシトも耳を傾けていた。

一度は途切れた糸がまたつながった。なんとも不思議な話ではあるが、幽霊飴の伝説は一か所だけに伝わっているのではなかったのだ。

しかし、と不思議に思ったのは飴屋と『立本寺』があまりに遠く離れているからだ。六道の辻から西陣まではけっこうな距離がある。そこを幽霊の女性が歩き、飴屋が追いかける。はたしてそんなことがあるのか。そしてもうひとつの疑問は、なぜ『立本寺』でなければならなかったのか、だ。飴屋から『立本寺』までの道には数え切れないほど寺があり、墓地があるはずだ。

「辰子先生には申しわけないのですが、その話には少し無理があるように思いますな」

　わたしはその理由をふたつあげた。

「ちっとも無理はおへん」

　フミさんが分厚いおでんの大根を染付の皿に載せてわたしの前に置いた。

「なぜ無理がないと思われるのですか？　わたしには『立本寺』と幽霊飴の伝説は無理やりくっつけたようにしか思えないのですが」

　大きな大根を箸で四等分し、そのひと切れに辛子《からし》をたっぷりと塗り、添えられたおぼろ昆布を載せた。

「『立本寺』はんには、ちゃあんと証拠が残ってますんやわ」

「証拠？　写真でも残っているというのですか」

　おそらくは幽霊の絵でも寺に伝わっているのだろうが、そんな証拠ならいくらでも作れる。

「お墓のなかで母親の死体と一緒に見つけられた赤子どすけどな、引き取り手がなかったもんやさかい、お寺で育てられはった。きっと生命力の強いお子やったんどすやろなぁ。すくすく育って大きいなったとき、自分の生い立ちを聞いて、えらいびっくりしはったそうな。そらそうですわなぁ。お墓の中から生き返ったみたいなもんやさかい。幽霊になってまで自分を育ててくれた母親とお寺はんにご恩を返すために出家しはりましたんや。その人こそ誰あろう、立本寺の第二十世、霊鷲院日審《りょうじゅいんにっしん》上人さんどす。寺史にも残ってるそうですさかい間違いおへん」

フミさんが我がことのように胸を張った。

辰子先生もよほど驚いたのか、ぽかんとした表情で黙りこくっている。

「いやはやなんともすごい話ですな。フミさんがそこまでおっしゃるんだから本当の話なのでしょうが、あらためて京都という街の奥深さを知った感じです」

同意を求めるように顔を向けると、辰子先生もこっくりとうなずいた。

「お寺に伝わる幽霊飴のお話は聞いていましたが、お上人さまのことまでは知りませんでした」

「お寺はんは遠慮深いさかいになぁ」

フミさんは辰子先生にも大根のおでんを出した。

話に夢中でちゃんと味わっていなかったが、ふた切れ目を食べて、その味わいの深さに目をみはった。

「今日の大根はとても美味しいですね。いや、これまでがまずかったという意味ではありません。今日のは格別美味しい」

「本当ですね。味付けは同じでしょうから、大根そのものが違うのかしら」

「九条のおうちから届いた大根でっせ」

「うちには届いていませんけどね」

辰子先生がぶぜんとした表情で言った。

「そうでしたか。いやぁ、久しぶりに旨《うま》い大根でした」

ひょっとすると、栗原が届けてくれたのとおなじものかとも思ったが、ここは余計なことを言わないほうがよさそうだ。

「お代わりしまひょか？」

「もう充分です」

勘が当たっているかどうかはともかくとして、誰が思いついたのか、おでんの大根ほど旨いものはない。ご飯のおかずというより、酒の肴《さかな》としてこれ以上のものはないのではないか。

思いがけない辰子先生との時間は、この上なく酒が進み、久々に酔いつぶれてしまった。

滅多にないことなのだが、朝になって夕べの深酒が頭の中で暴れだした。

「また飲み過ぎはったんどすか」

葵が人を小馬鹿にしたような顔つきで茶筅《ちゃせん》を置いた。

「まさか辰子先生と出会うとは思いもしなかったからね。日ごろのご無沙汰を詫《わ》びなきゃいかんと思って、ついつい」

あくびを噛《か》み殺してから、抹茶碗を手に取った。

「けど『立本寺』はんにも幽霊飴のお話があったやなんて、ちっとも知りまへんでした。長いこと京都に住んでても、まだまだ知らんことがようけあるんどすわ」

葵がやってきて、いの一番に話したのは『立本寺』の幽霊飴の話だ。

「やっぱりフクさんはあの世の人なんじゃないか？」

抹茶の苦みが夕べの酒を洗い流してくれるようだ。

「そうかもしれまへんなぁ。京都にはあっちのお人もようけやはりますさかいに」

さほど驚くふうもなく、さらりと言ってのける葵も、ひょっとすると、あっちの人なのかもしれない。

「そうそう。いつだったか栗原が差し入れしてくれた大根はどうしたっけなぁ」

「せんせがいつまでも冷蔵庫に入れとかはったさかい、ひからびてしまいましたやんか。うちのお母ちゃんがお漬けもんにしてくれはったし、今度持ってきますわ」

「漬物にしたら分からんかもしれんが、旨い大根だっただろ?」

「うちもときどきちょうだいするんどすけど、ほんに美味しいおだいどした。京都ではなかなか手に入らしまへん」

京都では大根のことを、おだい、と呼ぶようだ。おそらくは宮中の女房言葉だろうと思うが、なかなか素敵な言いまわしである。

「教授! カール教授ご在宅ですか」

噂《うわさ》をすればなんとやら。栗原らしき大きな声が聞こえてきた。

「栗原だろう。あげてやりなさい」

「ええんどすか?」

葵が目を白黒させている。

まだ酒が残っているせいか、つい口がすべってしまった。

「ああ。たまにはお茶の一服も出してやらんとな」

英国紳士たるもの、すぐに前言をひるがえすことなどできるわけがない。

栗原と〈平家物語〉談義でもすれば、二日酔いも忘れられるかもしれないと思ったが、逆にひどくなるような気もしてきた。これも深酒のむくいなのだろう。今にも降りだしそうな梅雨空を見上げると、こめかみがズキンと痛んだ。

第四話　嵯峨野の竹林

1

七月に入ってからの京都の暑さは尋常ではない。この二、三日の晴天続きでも、気象庁が梅雨明けを宣言しないのは、どうにも合点がいかない。

京都御苑のほど近く、新夷町の我がカール・エビス邸の庭にも、夏の日差しが照り付けている。

京都の街なかに出ると、あちこちから祇園囃子《ぎおんばやし》が聴こえてくる。

――コンコンチキチン　コンチキチン――

英国生まれの作家であるわたしでも、一年近く京都に住むと、祇園囃子などいともたやすく諳《そら》んじるようになるのだ。

東京にいるころは、祇園祭というものは山鉾《やまほこ》が巡行する日だけを言うのだと思っていた。宵山《よいやま》と呼ばれる前夜祭と、七月十七日の山鉾巡行しか、メディアが伝えなかったからだ。

ところが京都に移り住んでみると、六月の末ころから、既に祇園祭のことが新聞でも報道されるようになり、七月に入るとあちこちから祇園囃子が聞こえてくるようになる。よくよく調べてみると祇園祭というものは、七月一日の吉符入《きっぷい》りから始まり、三十一日の疫神社《えきじんじゃ》の夏越祭《なごしさい》まで、なんと一か月もの長きにわたって行われる祭だと分かった。

始まったころはまだ梅雨のさなかで、メインイベントの山鉾巡行が行われるころに梅雨が明け、それが終わると夏本番を迎える。毎年そんなふうらしい。

だから京都の人は、気象庁がどう言おうが、自分たちで勝手に梅雨明けを決めるのだ。

それにしても暑い。言えば言うほど暑く感じるのは分かっているのだが、つい口をついて出てしまう。

「去年はそれほど感じなかったのだが、なぜ京都はこんなに暑いのかね」

縁側に敷いた藁《わら》の円座に座りこみ、作務衣《さむえ》の胸元を開けて、うちわで風を送りこんだ。

「なんぼ暑い言わはっても、涼しいはなりまへんえ」

茶筅《ちゃせん》を細かく動かしながら、九条葵が涼しい顔をした。

「梅雨も明けて、祇園さんもいよいよ宵々山。京都は今が一番暑いときですわ。気分だけなと涼しいなってもろたらよろしおす」

勝手に梅雨明け宣言をして、葵が今朝用意してくれたのは、鮎《あゆ》の形をしたお菓子だ。調布《ちょうふ》というものらしい。

「日本では律令制の時代がおしたやろ。租庸調ていう税制が敷かれてたそうで、租はお米、庸は労役、調は布で納めてたみたいどす。調布いうお菓子は、その布をかたどったんやて辰子先生から教えてもらいました」

なぜこの菓子を調布と呼ぶのかを訊《たず》ねると、葵はそう答えた。

日本の律令制といえば、たしか飛鳥《あすか》時代から平安時代の初めころまでの話だったと思う。そんな時代のことを引き合いに出すのだから、日本の和菓子というものは実に奥が深い。

しかし、調布なのに、なぜ鮎をかたどったのか、までは説明してくれなかった。夏に鮎を食べたくても食べられない人たちが、代用品としたのだろうか。

「菓子の鮎もいいが、ほんものの鮎を食べたいものだね」

「ほんまにせんせは鮎がお好きどすんやな。こないだフミさんとこで、たんと召しあがらはったんと違うんどすか」

あきれたように言って、葵がわたしの前に茶を置いた。

夏茶碗《なつぢゃわん》という呼び方も京都に来てから初めて聞いた。暑い夏でも熱い薄茶《うすちゃ》が早く冷めるようにと、筒形ではなく、口が大きく開いた抹茶碗を使うのだそうだ。ならば氷でも放りこめばいいのに、と思わなくもないが、そんな無粋なことはしないのが茶の道というものである。

とは言っても、熱いものは熱い。薄《うっす》らと額に汗をにじませながら、音を立てて薄茶を飲みきった。

「今日は風ものうて、むしむししますわ」

白地に赤い金魚の紋様をちりばめた浴衣姿の葵も、表情とは裏腹に、鼻のあたまに少し汗をかいている。

　エアコンを入れればいいようなものだが、朝から入れるのもなんだか気が引ける。向こう三軒両隣、周囲の家もエアコンを入れている気配はない。

　ケチではなく始末。これはある種の京都人の美学のようなものだと思っている。いくらか涼しい早朝からエアコンを入れたりはしない。そういうことを京都の人は、冥《みょう》加《が》が悪いだとか、冥加に悪いと言って、冥加という言葉をよく使う。最初のころは野菜のミョウガだと勘違いして恥をかいたものだ。

「ちょっと暑おすけど、ちょうど今日は講義もおへんし、お昼に鮎食べに行きまひょか」

　願ってもない提案を葵がしてくれた。

「いいねぇ。できれば涼しげな座敷なんかで食えれば最高だな」

「鳥居本《とりいもと》の『平野屋《ひらのや》』はんがええんと違うやろか。行かはったことあります？」

「行くもなにも、そのトリイモトという言葉すら聞いたことがない。地名なんだね」

「ほな決まりどすな。鮎がお好きやったら、いっぺんは行っとかんと。嵯峨《さが》の奥のほうにあって、愛宕《あたご》神社はんの一の鳥居のすぐ横にあるお店どすね。ほんで鳥居本いう地名が付いてます」

そう言いながら台所に向かった葵は、スマートフォンを操作して予約を入れているようだ。一万円という言葉が聞こえてきたから料金のことだろう。一万円のランチとは贅沢《ぜいたく》な話だが、それほど価値のある鮎が出てくるということなのか。

東京と違って、京都ではことのほか川魚を珍重する。なかでも鮎は、鱧《はも》とならんで夏場を代表するごちそうだ。そして驚くことに、京都の料理人には鮎釣り名人も少なくないのだ。

店がお休みの日に釣りに出かけ、その釣果で翌日の客の舌を喜ばせる。実に優雅なシステムである。

我が英国にも、格式高いサーモンフィッシングという渓流釣りがあり、古くから貴族の遊びとして知られている。だが、レストランでシェフ自らが釣りあげたアトランティックサーモンを食べたことは、まだ一度もない。

西洋のシェフと、日本の料理人では考え方が違うのかもしれない。もっともそれは、英国でのわたしの食経験が浅いせいでもあろうが。

「嵯峨の奥なら、ついでに寺巡りでもするか。あの辺りはまだ行けてない寺がいくつもあるんだ」

「もう一服いかがでしょう」

「充分でございます」

いつもながらの儀式を終えて、心はもう鮎に向かっていた。

2

葵の浴衣に合わせて和服を着ようかと思ったが、結局白のチノパンに青いギンガムチェックのシャツという、かわり映えしないスタイルになった。

新夷町の我が家から嵯峨野までの道のりは、思った以上に長い。二〇五系統の京都市バスに乗り、京都市役所前で降りる。地下鉄東西線に乗り換えて太秦天神川《うずまさてんじんがわ》駅へ。そこから嵐電《らんでん》に乗って嵐山《あらしやま》駅まで。乗り換えの時間を含めると小一時間ほどかかる。

「ここまで外国人が多いとは思わんかったよ」

嵐山駅から一歩外に出ると、あちこちから外国語が聞こえてきた。

「せんせもそのおひとりですやんか」

葵がくすりと笑った。

「葵は海外旅行に行ったことがあるのかい？」

「ハワイやとかヨーロッパやとか」

「そこで日本人に出会ってどう思った？」

「あんまりええ気はしまへんどしたな」

「それと同じだよ」

通りを渡って少し北に歩くと『天龍寺《てんりゅうじ》』の立派な石柱が建っている。この寺の中を抜けると嵯峨野への近道になるという。

暦応《りゃくおう》二年創建だというから、七百年近い歴史を持つ寺で、世界遺産にも登録されている由緒正しき古寺を抜け道にするというのだから、なんとも大胆なことだ。

「そんなん当たり前ですやん。ただで通り抜けようういうんやのうて、ちゃんと参拝料もお納めして、ご本尊のお釈迦《しゃか》さんにもお参りするんどすさかい、なんにも遠慮は要らしまへん」

日差しこそないものの、広く長い参道には湿気を含んだ地熱のようなものが、足元から立ち上ってくる。一刻も早く冷えたビールで喉を潤し、鮎の塩焼にかぶりつきたいものだが、グーグルマップを見るかぎり、まだまだ先は長そうだ。

「ここは去年の秋に来たんだが、夏の庭もいいものだね」

「もみじのころに比べたら、お人も少のおすやろ。〈大方丈《おおほうじょう》〉に座ってお庭を眺めてたら暑さも忘れます」

浴衣姿でお堂に座る葵は、ふだんとは見違えるほどにあでやかだ。葵の視線の先にある〈曹源池庭園《そうげんちていえん》〉と名付けられた日本庭園は広々としていて、遠くの山を借景にした眺めは日本画を思わせる。ビールと鮎という煩悩を見事に拭いさってくれるのは、さすがと言うしかない。

慣れた足取りで、北門から寺を出た葵がくるりと振り向いた。

「三十分ほど歩かんなりまへんけど大丈夫どすか？」

「まったく問題ない。青々とした竹林を散歩するのに三十分は短いくらいだ」

教授としての威厳を保たねばならないのが、辛《つら》いところだ。

「野宮《ののみや》さんやら、二尊院《にそんいん》さんやら、途中にようけお寺や神社がありますけど、帰りにしまひょな」

悪戯《いたずら》っぽい笑みを浮かべる葵は、きっと何もかもお見通しなのだ。

緩やかではあるが、上り坂の道をたどり、ようやく目指す鳥居が見えてきたところには、足も腹もそろそろ限界にきていた。

「茅葺《かやぶき》なんだね。そうとう古い建物だろうか」

数段の石段を上ったところに鳥居がそびえていて、その奥に茅葺の茶店《ちゃみせ》が佇《たたず》んでいる。

「江戸時代のはじめころにできたお店やと聞いてますさかい、かれこれ四百年ほどになるのと違いますやろか」

「四百年？　四百年前といえば、我がイギリスのプリマスからアメリカのマサチューセッツ州を目指して、メイフラワー号が渡航したころではないか。この店はそのころに建てられたというのかね」

「ぜんぶやないと思いますけど、母屋は昔のままやと思いますえ」

葵が暖簾《のれん》の奥を覗《のぞ》きこむと、女将《おかみ》らしき女性が出てきた。

「なんや。九条のお嬢さんやおへんの。カールなんちゃらて言うてはったさかい、外人さんやと思うて緊張してましたんや」

「ご無沙汰してます。こちらがカール・エビス教授。鮎が大好物なんどすえ」

葵の紹介を受けて、軽く頭を下げた。

「わざわざこんなとこまで来てもろてありがとうございます。たいしたおもてなしもできしまへんけど、どうぞゆっくりしとぅくれやす」

女将が案内してくれたのは、緑に囲まれた古い和室で、江戸時代からある部屋だと言われればそんな気がしないでもない。

「エアコン切りましょか。風を入れたほうが気持ちよさそうどすね」

リモコンを操作してから、葵が窓を開けるとたしかにひんやりとした空気が流れてきた。

「なぜこんなに涼風が吹いているんだろうね」

新夷町の我が家とこの辺りでは、大した標高差はないはずだ。せいぜい四十メートル高いくらいだろうに、体感温度はまったく異なる。それも京都の不思議のひとつだ。真冬に上賀茂《かみがも》辺りで雪が積もっていても、四条まで下ると、雪のゆの字もないことがあった。

涼風が吹く古風な座敷で、緑を眺めながら鮎の塩焼を食べる。しかも昼間からビールが飲めるのだから、これにまさる幸せはない。

鮎の質はもちろんだが、焼き方もわたしの好みに近い。少々本音を言えば、ここに〈小料理フミ〉のヨシトを呼んできて、鮎を焼かせれば最高だろうと思う。

コース仕立ての料理は、あまり得意ではないのだが、この雰囲気で食べると味わい深いものがある。ありきたりと言っては失礼だが、次々に出てくる料理はどれも食べ慣れた日本料理で、残すことなくすぐに食べきれる。

「せんせはこういうお料理が苦手やないやろかて気になってましたけど、たんと召し上がってもろてよかったですわ」

〆《しめ》のご飯を食べて、葵が箸を置いた。

「やっぱり雰囲気はだいじだね。今日の料理を祇園辺りの料亭で食べていたら半分くらい残したかもしれないな。美味《おい》しいとかまずいとかではなく、その場の空気に合う料理というものがあるんだね。いい勉強になったよ」

「ほんま、そうどすなぁ。さすがせんせ、じょうずに言わはるわ」

葵がビールを飲みほしてお茶を頼んだ。

「おしんこはどないしまひょ。こちらでお出ししましょか。表の茶店でもよろしおすえ」

「せっかくやさかい、表でいただきますわ」

女将と葵の会話を聞いて耳を疑った。

おしんこといえば漬物のことだろう。今ご飯と一緒に食べたばかりだというのに、それをまた食べようというのか。それもわざわざ表の茶店で食べるというのだから、なんとも理解しがたい。

それでも、葵に言われるまま店の前に置かれた床几《しょうぎ》に腰かけた。

「デザートでもあるまいし、わざわざここで漬物を食べるからには、何か深い意味があるんだろうね」

「物知りのせんせでもご存じないんどすな。こちらでおしんこ言うたらお漬けもんのことやおへん。志んこ餅のことですがな」

「志んこ餅？　漬物を餅で包んだりしてるってことかな」

「お漬けもんのお餅て。そんなんありますかいな。まぁ、食べてみてのお愉《たの》しみっちゅうことにしときまひょか」

何がおかしいのか分からないが、葵の笑いはしばらく止まらなかった。

「こんな田舎のお菓子が、えらい先生のお口に合いますんやろか」

女将が出してきた皿に載っているのは漬物ではなく、ういろうのような菓子である。白、緑、茶と三色に色分けされた菓子は、六月に食べた水無月《みなづき》という菓子から、小豆を取り去ったもののように見える。ねじった棒状のそれはコンニャクにも似ていて、きな粉が掛かっているところはわらび餅のようでもある。

「ご存じや思いますけど、この鳥居は愛宕神社さんの一の鳥居です。比叡山《ひえいざん》より高いお山のてっぺんにある神社ですさかい、お参りするのには長い山道を登らんなりまへん。〈志んこ〉は、その曲がりくねった山道を表してます。このお餅を食べて、きばって登る気になってもらう。そんな思いが籠もってますんや」

女将の説明を聞いて納得した。

水無月もそうだったが、京都の和菓子にはたいてい深い意味が込められている。そこが、ただ甘いものを意味するスイーツと異なるところなのだが、最近は京都でも和スイーツなどという言葉をよく使う。

「うちは和スイーツてな言葉を聞いただけで、横向いてしまいます。和菓子とスイーツは別もんどすさかいに」

葵はあっという間に志んこ餅を平らげた。

鮎を食べたあとのデザートとしては、ベストマッチとまではいかないものの、これはこれで充分美味しい。

支払いを済ませて店を出ると、じっとりとした湿気と熱気が地面から立ち上ってきた。

今日の料理よりも、志んこ餅という菓子が強く印象に残ったのは、ミステリー作家としての血が騒いだからだ。

鳥居を見上げながら菓子を食べていて、和菓子を題材にして小説を書くのも悪くないと思った。

来た道を戻りながらそんなことを考えていると、いくつもの道標《みちしるべ》が並ぶ三差路に出た。

「どないしましょ。『祇王寺《ぎおうじ》』さんにもお参りしはりますか」

「『祇王寺』といえば〈平家物語〉に出てくる悲恋の舞台だったね。行ってみよう」

道路標識に取りつけられた矢印に向かって、石畳の道を進んだ。

「移り気な清盛はんに翻弄されて、こんな鄙《ひな》びたところに移り住むやなんて、祇王はんもほんまにお気の毒なかたどすなぁ」

バスや地下鉄、路面電車を乗り継いでも、けっこうな道のりだというのに、当時ならきっと歩いて来たのだろう。華やかな世界を追い出され、失意のうちに山道をとぼとぼと歩く。祇王の心中察するに余りある。

「せんせもやっぱり浮気性どすのか？」

参拝口の山門をくぐって、葵が振り向いた。

「わたしは一本気だよ。もっとも、平清盛のような権力もないがね」

「昔から言いますやん。英雄色を好むて。男はんは褒めそやされたら、調子に乗るんどすやろな」

「小説は別として、現実には縁のない世界だ」

「どんな小説書かはるんやろ。今から愉しみどすな」

薄笑いを浮かべる葵の顔が緑に染まった。

一面の苔《こけ》におおわれた庭と、木々の緑が重なり合って、空までもが緑に見えるほどだ。

「可哀《かわい》そうだとは思うが、祇王のように寵愛《ちょうあい》を受けたり追いやられたりする話ではなく、悲恋ものがいいな。成就しなかった恋にまつわるミステリーだとかね」

茅葺の草庵に上がりこんで吉野窓《よしのまど》から庭を眺めると、わたしの顔も緑に染まってしまいそうだ。

「悲恋やったらお隣のお寺どす」

参道を下りながら葵が目を右に向けた。

「隣にも寺があるのか」

「『滝口寺《たきぐちでら》』どす。ご存じやおへんか？」

「聞いたことがあるようなないような、だな」

「ほなお参りしまひょ。せんせの小説のヒントになるかもしれませんし」

葵は、参拝口の山門を出てすぐ右の石段をゆっくりと上り始めた。

両側に竹垣が続く石段を上り切ると、侘《わ》びた山門があり、注意書きを記した木札が立っている。

「拝観料を納めんと、外から写真だけ撮る観光客がおいやすんやろな。お寺さんへお邪魔するのにケチったらあきまへん」

なるほどそういうことなのか。どこの世界にも不届きものはいるものだ。

「ここも〈平家物語〉ゆかりの寺なのか」

駒札《こまふだ》を読んでいると、額の汗が目に流れてきた。

「急に風がのうなりましたね。よかったら使《つこ》うとくれやす」

葵が差しだしたレースのハンカチからはミントの香りがした。

「ありがとう。せっかくの香りを台無しにしちゃいかんから遠慮しとくよ」

ポケットから藍染のハンカチを出して顔の汗を拭った。

『滝口寺』がどんな悲恋物語の舞台なのか知識がない。

「ちょっと長おすけど、横笛《よこぶえ》はんのお話しましょか」

茅葺のお堂に上がり込んで、葵が縁側に横座りした。

「琵琶《びわ》法師じゃないが、由緒書きを読むよりそのほうが頭に入る。よろしく頼む」

葵の隣でわたしはあぐらをかいた。

「平重盛《しげもり》はんの家臣に斎藤時頼《さいとうときより》いう方がおいやしたんどす。そのお方がお花見の宴《うたげ》で、建礼門院さんの侍女、横笛はんに恋をしてしまわはりましてん。そのうちおふたりはええ仲にならはります。けど時頼さんのお父さんは許してくれはりまへん。身分が違い過ぎたからどっしゃろな」

重盛の家臣に斎藤時頼がいたということまでは知っているが、その恋路までは知らない。英国にいて文献だけを漁《あさ》っても限界がある。やはり小説を書く上でたいせつなのは現地取材だ。

「ふむ。よくある話だ。王子が貧しい娘に恋をする話は西洋にもたくさんあるが、たいていは家族の反対に遭うのだ」

「恋を貫かはったらよかったのに、時頼さんは恋に迷うてしもたことを反省して、このお寺で出家してしまわはります。それを聞いた横笛はんは、哀《かな》しいやら恨めしいやら未練たっぷり。ここまで着かはりましたんや」

「それもよくあるパターンだな。涙の再会」

「夕闇の中のお堂から聞こえてくるお念仏の声は、きっとあの人や。そう確信しはった横笛はんは、滝口入道と呼ばれはるようになった時頼さんに、ひと目だけでも会わせて欲しいと懇願しはります。滝口入道はんは、襖《ふすま》のすき間から覗いたら、えらいやつれた顔の横笛はんが立ってはるのが目に入りました。出家してはらなんだら、飛びだして抱きしめてあげはったやろに、ほかのお坊さんの手前、そうもいきませんわね。しょうことなしに、お仲間のお坊さんに、そんな人はおりませんて言わさはります。どっちも辛かったですやろな」

平家物語にそんな悲恋物語があったとは。

「横笛はんは泣く泣く帰らはるんどすけど、あきらめ切れへんかったんやろねぇ。指を切った自分の血で、石に歌を書いて残さはります」

葵が庭の向こうに目を遣った。

「それが参道にあった歌石だね。たしか

――山深み思ひ入りぬる柴《しば》の戸の　まことの道に我を導け――だったか」

まことの道とは如何《いか》なるものを言うのか。

「あとはどこのお寺へ参らはります？」

嵯峨野の竹林を横目にしながら、葵は日傘を広げた。

「あとはまた次の機会にするよ。横笛の話で胸がいっぱいになった」

「さすがせんせ。ロマンチストどすな」

「ロマンチストでなきゃ小説家にはなれんよ」

少しカッコを付け過ぎたか。

竹林を歩いていて、胸をよぎったのは、知人の古書店主である川嶌葉子のことだ。葉子が〈竹林洞書房〉と名付けたのはなぜなのだろうか。まさかこの嵯峨野の竹林と関係があるなんてことはないだろうが。

少し風が吹くだけで、長い竹がゆさゆさと揺れるのは竹の葉に引きずられてのことだろう。葉擦れはときに人のささやきのようにも聞こえる。

3

地下鉄東西線の京都市役所前駅で葵と別れ、その足で寺町二条にある〈竹林洞書房〉を訪ねた。葉子の話を聞きたかったこともあるが、横笛と滝口入道のことを書いた本を捜すためでもある。

寺町通はその名のとおり、秀吉が寺院を集結させた道筋なのだが、今では郊外に移転してしまった寺も少なくなく、寺ばかりが続く道というふうではない。

丸太町《まるたまち》通辺りから三条通近辺までは、京都らしい風雅な店が点在していることでも知られている。お茶の老舗『一保堂《いっぽどう》』をはじめとして、文房具店、古書店、画廊などが建ち並んでいる。

〈竹林洞書房〉はその一角にあって、『村上開新堂《むらかみかいしんどう》』という古い洋菓子店の真向かいに建っている。

店の外に置かれた陳列台を見まわしていると、店番をしている葉子と目が合った。

葉子は驚いたふうもなく、かすかに口元をゆるめ、軽く会釈した。

手ぶらで店に入るのをためらってしまい、何か適当な本をみつくろってと捜すうち、一冊の文庫本が目に入った。

高山樗牛《たかやまちょぎゅう》著の〈滝口入道〉。薄っぺらい新潮文庫には二百円の値札が付いていた。

どうやらここで待っていたのは葉子ではなく、この文庫本だったようだ。

これをたずさえて店に入れば、葉子との話のきっかけにもなる。金文字で〈竹林洞書房〉と記されたガラス戸を、ゆっくりと横に引いた。

「いらっしゃいませ。お散歩ですか」

白いシャツに黒いエプロンは、葉子のこの店でのユニフォームらしいが、知性を引き立てているように見える。

「嵯峨野を散歩してきて、『滝口寺』へ行ってきたんですよ。横笛と時頼の悲恋話に魅《ひ》かれて、参考になる本を捜そうと思って、こちらへやってきたのですが、早速出会えました」

文庫本を葉子に手渡した。

「先生が最初にこの店にお越しになったときに申し上げたとおりです。捜しものは必死になっても見つからない。偶然出会うのが京都という街なんです。京都中の古書店さんを捜しまわっても、きっとお出会いになれなかったと思いますよ」

葉子が白く細い指先を使って、カバーをかけた。

大手の書店では、どんな判型でもブックカバーをかけずに持ち帰るが、ここでは必ずかけてもらっている。

葉子が自らデザインしたというそのカバーは、ベージュ地に笹《ささ》の葉がちりばめられていて、まるで竹久夢二《たけひさゆめじ》の絵に出て来そうなのだ。

「たしかに。こちらの店の前に立って、ものの三十秒ほどで目に留まるなんて奇跡に近い話だ」

「――あはれ横笛、乙女心の今更に、命に懸けて思ひ決めしこと空《あだ》となりては、歸り路に足進まず、我れやかたき、人や無情《つれな》き、嵯峨の奥にも秋風吹けば、いづれ浮世には漏れざりけり――美しくも哀しい〈滝口入道〉の一節です。わたしの涙の痕が染み付いているかもしれません」

ついさっき嵯峨野の侘びた寺で、葵が聞かせてくれた話の、まさにその場面だろう。それを諳んじているというのは、いくら古書店主といえども驚異的だ。よほどの思い入れがあるに違いない。

「なんともせつない話だ。しかしよく小説の一節を覚えておられますね。驚くしかないのだが、まさかここにある本はぜんぶ中身を覚えていたりはしないでしょう」

「もちろんです。こんな小さな頭には少ししか入りませんから」

「この本は特別ってことかな」

葉子はわずかに顔をゆがめてから、ちいさなため息をもらした。

「本を捜しにきたのもあるが、嵯峨野の竹林を眺めていて、このブックカバーと屋号が頭に浮かんでね」

「さすがに先生の勘は素晴らしいですね」

レジのキーを打ち、小さなトレーに載せた二個の百円玉を、葉子がレジの引き出しに入れた。

「曰《いわ》くがあるようなら聞かせてほしいものだ」

「恥ずかしくて素面《しらふ》ではとても」

「じゃあ今夜フミさんのところで一杯やりましょうか」

葉子の頬に赤みがさした。

4

祇園から離れた先斗町でも、祇園囃子は聞こえてくる。

狭い先斗町通を行き交う人のなかに、これほど多くの浴衣姿を見るのは初めてのことだ。

「どうやら観光客ばかりではないみたいだね」

〈小料理フミ〉の暖簾をくぐって、いつものカウンター席に着いた。

「祇園さんを愉しみにしてはる人は京都にもようけおいやすさかいなぁ」

女将のフミさんがおでん鍋のなかを菜箸でさぐった。

「先斗町でも祇園祭ファンは多いみたいだね。浴衣姿の人がたくさん歩いていたよ」

とりあえずの生ビールで喉を潤した。

「昔はこんなもんやおへなんだんでっせ。宵々々山てなややこしいもんはのうて、宵山だけでしたさかいに」

「一夜限りのほうが気持ちも燃えるでしょうね」

さて今夜は何を食べようか。

「鮎はもう充分堪能されたみたいですから、今夜は鱧でもいかがですか」

鮎に金串を打ちながら、料理人のヨシトが訊《き》いてきた。どうやらもう昼間のことが耳に届いているらしい。

最近はその程度のことでは驚かなくなった。なんだか行動を監視されているようで、最初は不気味に感じていたが、今ではむしろありがたいことだと思っている。わざわざ伝えなくてもいいのだから、手間が省けていい。

「葉子さんが来てからにするよ。ビールをもう一杯」

「分かりました」

サーバーから注《つ》いだ泡たっぷりのビールを、ヨシトがわたしの前に置いた。

「噂《うわさ》をしたらなんとやら。今夜のデートのお相手がお見えになりましたえ」

フミさんの視線を追うと、浴衣姿の葉子に行きついた。

「遅くなりました。和服はしばらくぶりでしたので手間どってしまって」

藍染にうちわの紋様を描いた浴衣姿の葉子は、なかなかあでやかだ。比べてはいけないのだろうが、葵の浴衣姿が子どもっぽく思えてしまう。

「とりあえずビールでよろしいか？」

「いえ。今日は白ワインをいただきます」

気を利かせたつもりだったが、少しはずしてしまった。

「こんな国産ワインが冷えてますけど」

ヨシトがボトルを見せた。

「〈リュナリス　シャルドネ〉。長野県産シャルドネ使用。おもしろそう。じゃあこれで」

ラベルを見て葉子がヨシトに笑顔を向けた。

「今夜は鱧を食べようと思うんだが」

「いいですね。祇園祭は鱧祭というくらいだそうですから」

葉子が即答した。

「鱧尽くしなんていうのは無粋だから、鱧皮の酢の物とお椀《わん》くらいにしようか」

「先生におまかせします」

「今日は淡路《あわじ》のええ鱧が入ってるんで、どう料理しても旨《うま》いと思います」

ヨシトはコルク栓を抜いて、冷えたワイングラスに白ワインを注いだ。

鱧の皮の酢の物は好物といってもいいほど気に入っている。薄く切った胡瓜《きゅうり》と細かく刻んだ焼鱧の皮は実に爽やかな味で、鰻《う》ざくとはひと味違うのだ。

「美味しいワインですね」

艶然と、という言葉はこういうことを指すのだ。ワイングラスのステムを持つしなやかな指先、口紅などほとんど塗っていないだろう、いくらか厚めの唇。切れ長の目に宿る黒い瞳。これまでに会った女性のなかで、もっとも日本女性らしい顔立ちである。

「お待たせしました。鱧皮の酢のもんです。取り皿をお使いください」

ヨシトは取り箸を添えた唐津焼の小鉢と、白磁の小皿を二枚置いた。

「鱧皮の酢の物が好物の英国人って先生くらいでしょうね」

「あれ？　胡瓜が入ってないじゃないか。どう見てもこれはゴーヤなんだが」

少しばかり不機嫌な声を上げたのに、ヨシトがすぐ反応した。

「すんません。祇園さんのあいだは胡瓜は出さへんことになってるんですわ」

「なぜなんだね」

「フミさんに解説してもらったほうがいいですね」

葉子がフミさんに向けて小鉢を持ちあげた。

「たしか去年は八月に入ってから召しあがらはったんやと思います。うちだけやのうて、祇園さんのあいだは、胡瓜をお出ししいひんことになってます。なんでや言うたら、輪切りにした胡瓜の切り口が八坂《やさか》神社さんの神紋にそっくりやさかいどすねん」

フミさんの解説は驚くべきものだった。

たかが、と言ってはいけないのだろうが、それだけの理由で夏野菜としてもっともポピュラーな胡瓜を食べないとは。しかも一か月の長きにわたってというのだから、にわかには信じられない話だ。

「京都に来たばかりのころは、わたしも戸惑いましたけど、今では当然のことと思えるようになりました」

スマートフォンを操作して、葉子が神紋なるものを見せてくれた。たしかに輪切りにした胡瓜にはこんな図柄が現れる。

「じゃあ縦に切ればいいじゃないか」

「そういうのを屁理屈て言うんどっせ」

フミさんにきつくにらまれた。

「そうですよ先生。祇園祭にたずさわる方たちは、胡瓜そのものに神性を認めてらっしゃるのですから」

「わたしもそのワインをもらおうかな」

すかさずヨシトがグラスを差しだした。

適度に冷えた白ワインは、今日のような日にはうってつけだ。

「これが日本製のワインだなんて信じられんよ。酸味もちょうどいいし、シャルドネならではの香りもしっかり立っている」

日本製のワインは割高に感じたものだが、最近はずいぶんこなれてきている。日本料理を日本のワインで愉しむ。それが当たり前になる時代は、すぐそこまで来ているような気がする。

「大学を卒業してから、フミさんに引き留められて京都に住むようになったお話はしましたね」

目を合わすことなく、葉子が語りはじめた。

日本には問わず語りという言葉がある。

ひとり言のようでもあり、しかし訊かれたことに答えているようでもある。まさにそんなふうに葉子が言葉を選びながら語り続ける。

「京都に移り住んでちょうど半年が経《た》ったころでした。フミさんに奨《すす》められて、〈京都ゆかたレディコンテスト〉に出場したのです」

「そんなコンテストがあるのかね。聞いたことがないけど、今もやってるの？」

「主催者の呉服屋はんの事情で三年前に中止になったんどすわ。二十年近《ちこ》う続いたんでっけど。優勝しはった人はたいていタレントさんにならはりましたんやで」

問いかけを引き取ったフミさんが答えた。

「その主催者の呉服屋さんというのが、京都でも有数の歴史を誇る老舗会社で、社長さんが審査委員長を務めておられました」

「ありがちな話だね」

合いの手を入れると、ヨシトが揚げ物を盛った古伊万里の丸皿を、ふたりの間に置いた。

「お話し中すみません。鱧のフライとビフカツです。白ワインによう合うと思います」

天ぷらではなく、鱧をフライにする。なんともぜいたくだ。しかも京都名物と言ってもいいビーフカツレツと盛り合わせるとは。たしかに冷えたワインとよく合いそうだ。

ビーフステーキをビフテキと言い、ビーフカツレツをビフカツと言うのは、おそらく文明開化のころの名残だと思うのだが、いまだに京都ではそう呼ばれ続けている。そしてどうやら、肉類はカツで、魚介や野菜はフライと呼んでいるようだが、明確な決まりはないそうだ。

「鱧をソースで食べるのは初めてのような気がします」

鱧フライとビーフカツレツを取り分けて、葉子がわたしの前に置いた。

「このソースのなかに入ってるのはなんの実だね？」

「実山椒《みざんしょう》です」

ヨシトが短く答えた。

「京都の人は本当に山椒が好きなんですね」

葉子の言葉どおり、京都人は山椒というスパイスを実によく使う。東京にいたときは鰻屋《うなぎや》くらいでしか目にしなかった粉山椒だが、京都ではうどん屋や食堂にも置いてあったりする。きつねうどんや親子丼に山椒をたっぷり振りかける京都の人を見て、最初は驚いていたのだが、今ではすっかり魅了されてしまった。それでもソースに混ぜるのは初体験だ。

「ソースと山椒がこんなに相性がいいとは思いませんでした」

まったくもって葉子の言うとおりだ。

「これをして和魂洋才というのだろうね。外から入ったものを巻き込むことにかけては京都人の右に出る者はいないんじゃないか」

「調味料くらいだからいいのでしょうが、こと人間となると、京都の人たちは外と内をしっかり区別します。純血主義とでもいうのでしょうか」

色濃く哀しみの色が映る葉子の瞳は、まっすぐ見つめることを拒んでいるようだ。

「わたしのようなよそ者でも、こうしてやさしく受け入れてもらっているのだが」

「それは先生がおひとりだからです。もしもどなたか京都の人と一緒になるとか、そんなことになればまったく話は違ってきますよ」

葉子の話が聞こえたのか、フミさんがわずかにうなずいたように見えた。

「そういう予定は今のところない」

冗談めかして言ったつもりだが、葉子はにこりともせずに続ける。

「コンテストの最終選考会に、その呉服屋さんのご長男がいらしてたんですが、わたしにひとめ惚《ぼ》れされてしまったようなんです。とてもまじめな方で、お手紙を手渡されました。お付き合いしてくださいと書かれていて。恋人もいませんでしたし、軽い気持ちでお受けしました」

「シンデレラのような、いい話じゃないか」

京都人がビフカツと呼ぶビーフカツレツを嚙《か》みしめながら、少し言葉をはさんだ。

「映画を見に行ったり、食事をしたり、を繰り返すうちにプロポーズをされました」

「今あなたが独身だということは、結婚話はうまくいかなかったんだね」

白ワインをお代わりした葉子は、ゆっくりと首を縦に振った。

「そう簡単に答えを出せるものではありませんし、しばらく考える時間をください、とお答えしたんです」

「当然のことだろうね。一生のことだからじっくり考えないと」

無難な受け答えをすると、ヨシトが口をはさんだ。

「お椀はどうしましょ。よかったら焼鱧をにゅうめん仕立てにしましょか。〆にいいと思います」

「じゃあそうしてもらおう」

「ゆっくり飲んでてください。お声かけてもろたらいつでも作りますし」

葉子との話が込み入ってきたのを察したヨシトの心遣いなのだろう。

「ほかに好きな人がいたわけでもなく、お相手の人柄もよかったので、前向きに考えていました。機が熟せば、という感じでお付き合いを続けようと思っていたのです。プロポーズされて三か月ほど経ったころでしょうか。彼から手紙が送られてきました。

身勝手で申しわけないが、結婚の話はなかったことにして欲しい。今後二度と会うことはないでしょう。短い付き合いだがとてもしあわせな時間だった。そんなことが連綿とつづられていました」

葉子が一点を見つめたまま語り続けるその先を目で追うと、小さな人形に行きあたった。

竹で作ったオブジェのような人形は男女一対になっていて、ずっと前からそこにあったような気もするが、初めて見るようでもある。

「人間って不思議なもので、それまで追いかけられているときは、それほどでもなかったのですが、急に逃げられてしまうと置いてけぼりを食ったようで、急に寂しくなって」

葉子が視線を動かすことなく、薄い笑みを浮かべた。

逃げると追いかけたくなるのは、国の別を問わず、男女の差もなく同じらしい。相手の男性がどんな人物なのかを訊いても仕方がないので想像もつかないが、由緒正しき生まれ育ちだから、葉子にとって不足はなかったはずだ。

「よくも悪くも京都に住んでいると、いろんな声が耳に届きます。でも、耳をふさいで暮らすわけにはいきませんしね」

葉子に届いた声が、耳をふさぎたくなるようなものだったことは容易に想像がつく。

「京都に住むのは大変だということが、ようやく分かってきた気がする」

思ったままを言葉にした。

「ある程度までは想像がついたのですが、まさかそこまでとは思いませんでした。彼が突然別れの手紙を送ってきたのは、勘当されたからなんだと」

「京都に長いこと住んでるもんでも理解でけん話でしたわ」

葉子に続いたフミさんの言葉で俄然《がぜん》興味が湧きだした。葉子には申しわけないのだが、これも小説家の性《さが》というものだ。

フミさんは大根のおでんをふた切れ取って、別々の小皿に載せた。

いつもなら辛子を添えるのだが、今夜はワサビを皿の端に載せ、細かく刻んだ酢橘《すだち》の皮を大根の上に散らした。

「夏バージョンですね。これは初めてだ」

熱々で湯気が立っていても、いかにも涼しげな眺めである。

「口直しっちゅうか、気分直ししとぅくれやす」

フミさんはふと気付いたように、飾り棚に置かれた小さな人形の向きを変えた。

「熱いけど涼しい」

ひと口食べて葉子がほほ笑んだ。

言い得て妙である。酢橘とワサビの香りが涼しげで、しかし芯まで熱い。

「ごくふつうのお付き合いをしていただけだったのですが、彼がわたしにプロポーズしたことがお父さまの逆鱗《げきりん》に触れたようで、勘当のような形で会社を追い出されてしまったと聞きました」

どこかで聞いたような話だと思ったら、ついさっきまで読んでいた〈滝口入道〉の話とそっくりではないか。

「聞きたくないとも思いましたが、自分にも責任がなくはない話なので、知らせてくれた人に詳しく訊《たず》ねてみました」

渇いた喉を潤そうとしてか、葉子はワインを一気に飲んだ。それを見てフミさんはお冷やを葉子とわたしの前にそっと置いた。

「どこの馬の骨とも分からない女に、ひとめ惚れしてプロポーズするような軽薄な男に、伝統ある店の代を継がせるわけにはいかない。そう言って彼を追い出したそうです。なんだか申しわけなくて」

お冷やのグラスをもてあそびながら、葉子はカウンターに目を落とした。

もちろん葉子にはなんの瑕疵《かし》もないのだが、いくばくかの責任を感じたとしてもおかしくはない。

「いっそ駆け落ちでもしたらよかったかもしれんなぁ」

　フミさんが大きなため息をついた。

「わたしにはそんな勇気はありません。もっとも彼はわたしを巻き込むつもりなどなかったでしょうが」

「それで彼はどうなったのかね」

　一番訊きたかったことをストレートに訊ねると、葉子とフミさんは揃《そろ》って人形に目を向けたあと、視線を交わらせた。

「あの人形に何か関係があるのですか？」

　問いかけを重ねた。

「この人形が何でできてるか分からはりますか？」

　二体の人形をフミさんがわたしの前に置いた。

「竹細工ですか？」

「越前《えちぜん》竹人形いいますんや。竹を細こうに細工して職人さんが作らはったもんです」

「彼が作ったんです」

　男性とおぼしき竹人形を葉子が手に取った。

「竹人形作りの職人になったということですか？」

フミさんがうなずくと、少し間を置いてから葉子も続いた。

「まさかそんなことになるとは思ってもみませんでした。お父さまがどれほどお怒りになったかは分かりませんが、きっとほとぼりがさめれば、元の鞘《さや》に収まって跡を継がれるだろうと思っていたので、ただただ驚くばかりでした」

「時頼の父じゃあるまいし、今どきの話とは思えん。そんなことくらいで息子の人生を変えてしまうとは」

そう言いながらも、出家した時頼とおなじく、家を出て別の仕事に就いた男性の気持ちも計りかねると言いたくなった。

葉子との結婚はあきらめたとしても、跡継ぎを放棄するほどの話ではないだろう。

「短いあいだに腕を上げはったみたいで、一年経ったころにこんなん作って送ってきはったんやそうです。葉子ちゃんによう似てること」

フミさんが人形をもとの飾り棚に戻した。

「複雑な気持ちでした。わたしという人間がいたために人生を大きく狂わせてしまったという気持ちもありましたし。でも彼の怨念のようなものが籠もっているような気がして」

葉子が眉を曇らせた。

「なんや夜中になったら、ごそごそ動くような気がするて葉子ちゃんが言うもんやさかい『宝鏡寺《ほうきょうじ》』はんへお納めしたらて奨めたんですわ」

フミさんらしい賢明な提案だ。

「『宝鏡寺』というのは人形寺のことだね」

「ご存じでしたか。お返しするのも捨てるのも失礼だと思って、供養していただきました」

「なのになぜここに？」

話のつじつまが合わない。

「竹人形師さんから、うちの店に送られてきたんですわ」

フミさんが人形に送った視線には複雑な思いが込められているようだが、どうにも理解しがたい話だ。

「お礼の気持ちだけはお伝えしなくては、と思って、手紙を添えてこちらの〈山椒ちりめん〉を彼に送ったんです。申しわけないけど、人形は『宝鏡寺』さんで供養してもらったことも正直に書きました。そしたらしばらくして、この人形がこちらに届いて……」

葉子もまたフミさんと同じように、真意を読み取れない表情で人形をみつめた。

わたしには肝心なところがまだ理解できていない。『宝鏡寺』へ納めた竹人形を人形師はどうやって手に入れたのか。取り戻しに行ったのかもしれないのだが、そんなことが可能なのだろうか。

「『宝鏡寺』はんでは、いったんお納めした人形は返さはりまへん。〈お火上げ〉て言うて燃やして供養しはるはずですねん」

フミさんが首をかしげた。

「人形寺に納めた竹人形がまた帰ってきたというのは信じられん。同じようなのをまた作ったんじゃないですか」

「いいえ。おなじ人形です。お納めする前に、気持ちを込めて、台座の底にわたしの名前を書いたのです」

葉子の言葉を受けて、フミさんが台座を裏返すと、たしかにそこには葉子の名が墨書してあった。

考えられるのはふたつ。ひとつはその男性が人形寺にかけあって取り戻してまた送り付けた。もうひとつは人形が勝手に旅をした。

気が付くと手のひらにびっしょりと汗をかいていた。

「どうにも合点がいかん話どすし気味が悪おすさかい、送り主に手紙出しましたんや。そしたら転居先不明で戻ってきましたわ」

　フミさんは長いため息をついた。

「どうしたものかと案じていましたら、フミさんが預かってくださることになって。『下御霊《しもごりょう》神社』さんで厄除《よ》けの祈禱《きとう》をしていただいてからこちらに置かせてもらっています」

　葉子がワイングラスを傾けた。

「けど不思議なんでっせ。葉子ちゃんが来たら、この人形がちょこまか動きますんや」

「まさか」

　そんなわけがないと思って、改めて人形を見ると、二体ともがかすかに動いたような気がした。

「人の運命って不思議なものですね」

　空のグラスを持ったまま、葉子が人形にやさしい眼差《まなざ》しを向けた。

　思いもかけぬ話の成り行きに、鱧にゅうめんのことなどすっかり忘れて、ずっと人形に目を奪われ続けた。

5

それほど深酒をしたわけではないのに、頭がどんより重いのは夕べの夢のせいだ。フミさんの店にあった竹人形が夢に現れ、部屋のなかを歩きまわるのである。実物の人形にはなかった顔が実にリアルで、葉子そっくりなのには驚かされた。

その上、人形師という男が現れるのだが、これがどう見ても栗原なのである。そして葉子そっくりの竹人形を葵に手渡すところで夢は終わった。

夢うつつながら頭は混乱を極め、起き上がってなんとかせねばと思うのだが、まったく手足が動かない。しまいには金縛りに遭ってしまい、起き抜けにシャワーを浴びなければならないほど、全身汗みずくだった。

「葉子さんのお話は、ちょこちょこ耳に入ってましたけど、そこまで深いとこは聞いてませんでした。きついお話どすなぁ」

茶筅を細かく動かしながら、葵が何度も首を傾けた。

夕べの夢の話をしようかとも思ったが、栗原のことを意識し過ぎだと葵に言われそうなので止《や》めておいた。

「リアル『滝口寺』があったということかもしれんなぁ」

縁側の円座にあぐらをかいて、ぽつりぽつりと雨が落ちてくる空を見上げた。

葵が点《た》ててくれた抹茶はいつにも増して苦く感じる。丁重にお代わりを辞退すると、葵は残念そうな顔をわたしに向けた。

「葉子さんの本屋さん」

茶道具を片付けながら、思いだしたように葵がつぶやいた。

「がどうしたんだい？」

「なんで竹林洞なんやろ」

同じ疑問を昨日は直接ぶつけたのだった。

「竹のようにいつも青々としていたい。少しの風も感じて揺れ動いていたい、のだそうだ」

「ほんで、洞は？」

昨夜わたしも同じことを葉子に訊いた。

「洞ってのは洞窟のような洞穴のことだろ？　ぽっかり空いた穴をどうやって埋めよ

うか。ずっとそれを考えながら生きていきたいから。葉子さんはそう言ってたよ」

「竹林の穴ですか。なんや分かるような気ぃします。ふつうの木が生えてる林やとか森と違うて、竹林て空気が独特ですやろ。もののけとかが出てきてもおかしないいうか」

たしかに葵の言うとおりだ。竹そのものも中に空洞がある。ほかの樹木にはあり得ないことだ。そして竹林にはあやかしの空気が流れている。

だますのか、だまされるのか。一年中新緑のような清々《すがすが》しい眺めのようでありながら、得体のしれないもののけが潜んでいる、のかもしれない。竹林は京都そのものである。

第五話　おかめ伝説

1

隣の家から塀を越えて伸びてくるサルスベリの枝が、群れをなす桃色の花の重みでしなっている。

サルスベリは百日紅と漢字で書くくらい、長いあいだ花を咲かせているのだそうだが、隣家のこの木は、夏の終わりにしか花を付けない。去年も五山《ござん》の送り火が終わって、二日ほどしてから一気に花を咲かせて、中秋の名月を待たずに散ってしまった。今年も似たようなものだろう。せいぜいが二十日紅だなと言うと、茶を点《た》てながら九条葵が笑った。

「ハツカネズミやったら聞いたことおすけど、ハツカベニは初めて聞きましたわ。エビスせんせはじょうずに言葉作らはるわ」

「百日といえば三か月以上だぞ。いくらなんでもそんな長く咲かんだろう」

縁側の円座が少しひんやり感じるのは、秋が近づいているしるしだ。

「ものの たとえどすがな。英国にかてそういう言い回しはありますやろ」

たしかに、わたしが小説家として名を成している英国でも、その手の言い回しは少なくない。

——一日だけ幸せでいたいなら、床屋にいけ。一週間だけ幸せでいたいなら、結婚をしろ。一か月だけ幸せでいたいなら、車を買え。一年だけ幸せでいたいなら、家を買え。一生幸せでいたいなら、正直でいることだ——

なぜ結婚すれば一週間だけ幸せになるのか。三週間幸せになるかもしれないではないか。わたしなら、一週間と一か月を入れ替える。

葵が今朝の茶菓子に用意したのは桔梗《ききょう》の花を模《かたど》った練りきりで、『紫野源水《むらさきのげんすい》』のものだと聞いた。

味もさることながら、その愛らしいかたちと鮮やかな紫色には驚くばかりだ。本物の桔梗の花よりも愛らしい。

「腰のほうはどないですのん？　朝晩は冷えますさかい、気ぃつけはらんと」

葵がわたしの前に赤楽《あからく》の抹茶碗《わん》を置いた。

「ありがとう。ギックリ腰をやった直後はどうなるかと思ったが、少しずつましになってきて、なんとか不自由なく暮らせるようになったよ」

一昨日《おととい》の朝のことだった。朝起きぬけに歯を磨こうとして、腰を痛めてしまった。魔女の一撃というやつだ。一昨日の仕事は葵に頼んですべてキャンセルしてもらったくらいひどい痛みだったが、昨日は幸い予定が入っておらず、ゆっくり静養したおかげで、痛みはずいぶんやわらいだ。それでも抹茶碗を取ろうとして腰を曲げると、じわじわと痛みが走る。

「油断しはったらあきまへんえ。ギックリ腰はすぐに再発しまっさかいに」

柄杓《ひしゃく》を持った葵が釜に水を足した。

「そんなおどさないでくれよ。それでなくてもビクビクしながら過ごしているんだから」

音を立てて抹茶を飲みきった。

「今日もおうちでおとなしいしてはりますか。それともリハビリを兼ねてどこか取材に行かはります？」

「少し動いたほうがいいらしいから、散歩がてらどこか近くのお寺にでも行こうと思っているのだが」

「それやったら、〈釘抜《くぎぬき》地蔵〉はんにお参りしまひょか。せんせの腰にも効くと思いますえ」

「〈釘抜地蔵〉？　そんなお地蔵さまがおられるのかね。釘と腰痛はどんな関係があるんだ？」

縁側の柱に背をあずけ、足を投げだすと、クマゼミが鳴きはじめた。

「釘が刺さったら痛おっしゃろ。抜いたら楽になりますがな。せんせの腰にもきっと釘が刺さってますんや。それを抜いてもらいに行きまひょ」

「たしかに細い釘が刺さっているような気がせんでもない。その寺は近くなのかね」

「歩いては無理どすけど、タクシーやったらすぐどっせ。そのご様子やとバスもしんどおすやろ」

葵は、わたしが腰に当てている手を横目で見た。

「その寺の近くに美味《おい》しいものはありそうかい？」

「腰は痛めてはっても、お腹《なか》は大丈夫なんどすねんな。西陣のまん中どすし、なんなとありますやろ」

「よし。じゃあ今日の取材はその〈釘抜地蔵〉にしよう」

「お代わりはいかがどす」

淡いブルーのワンピースを着た葵は、九条家の末裔《まつえい》という清楚《せいそ》さを漂わせて、首を斜めにした。

「もう充分でございます」

痛みをこらえてなんとか座りなおし、小さく頭をさげた。

「腰が辛《つろ》ぉしたら作務衣《さむえ》のままで出かけはりますか？」

たしかにこの作務衣は動きやすいし楽なのだが、英国紳士の外出着としてはいささか軽きにすぎる。

「そうしたいところだが、お地蔵さまにも失礼かもしれんから着替えるよ。タクシーを呼んでおいてくれるかな」

床に手を突いて、ゆっくりと立ち上がった。

「無理しはらんでもええのに」

道具を仕舞いながら、葵が憐《あわれ》みの眼差《まなざ》しをわたしに向けた。

武士は食わねど高楊枝《たかようじ》という言葉が頭に浮かんだ。日本の武士とおなじくらいに英国紳士も誇りをたいせつにするのだ。

2

千本今出川《せんぼんいまでがわ》を北に上がり、上立売通《かみだちうり》を越えたところでタクシーを降りた。

この辺りには何度か来たことがあるのだが、〈釘抜地蔵〉なる寺があるとは知らなかった。

千本通を東に渡り、葵はまっすぐ北に向かって歩いている。

カーキ色のチノパンに白いポロシャツという気楽なスタイルだが、それでも動きがぎこちなくなるのは、ギックリ腰の再発を恐れてのことだ。

「ゆっくりでよろしおすえ」

葵が振り向くと、スカートのフレアがふわりと揺れた。

「道を間違っていないか？　この地図にはそんなお地蔵さまがあるとは書いてないのだが」

いつもはスマートフォンのグーグルマップに頼るのだが、今日は大きな字が見やすい京都の地図を持って来たのだ。

「なんべんもお参りに来てるんどすさかい、間違うわけおへん」

自信に満ちた表情で傍《そば》にやってきた葵が、わたしの持つ地図に目を遣《や》った。

「これが千本通で、これが上立売通。ほら、そんな地蔵の名前は書かれていないじゃないか」

「これですやん。『石像寺《しゃくぞうじ》』て書いておすけど、ここが〈釘抜地蔵〉さんです」

葵の指の先には『石像寺』の文字がある。石像が地蔵を指すのだろうか。

「京都はこういうお寺がようけありますねん。本名ていうのか正式なお寺の名前やのうて、通称で通じますさかい、本名を覚えへんのですわ。この辺を歩いてる人らに『石像寺』はどこどす？　て訊《き》いても知らん人もやはりますけど、〈釘抜地蔵〉さんて言うたら、子どもでも教えてくれはります」

そう言えば、紅葉で有名な〈永観堂《えいかんどう》〉も正式には『禅林寺《ぜんりんじ》』というのだと住職に教わったことがある。

葵の背中を見ながらゆっくり歩くと、やがて『石像寺』に着いた。

小さな山門の奥に細長い参道が続いていて、たくさんの参拝者の姿が見えた。京都にはそんなに釘が刺さった人がいるのかと言うと、また葵に笑われてしまった。

参道を進むと、大きな釘抜きが目に入った。実用には向かないだろうが、迫力は充分だ。石の台座に据えられているそれはもはやアートだ。

それもそのはず、これは英国でもその名を知られているインショウ・ドウモトの作品だというのだ。

「印象先生がお母さまの病気平癒を願《ねご》うてお参りになって、お礼に寄進しはったそうです」

葵が解説してくれた。

「西洋の画家たちが、教会の天井絵を描くのとおなじようなものだろうね」

「この釘抜きの形が印象先生のお気に召したんやと思います」

葵が目を向けた先には、お堂のまわりをずらりと囲むように貼り付けられた釘抜きと八寸釘の絵馬があった。

「たしかにオブジェとしてもおもしろい形をしているな」

「子どものときに歯を抜かはるのに、歯医者の先生が使《つこ》うてはった道具によう似てるさかい、ちょっと怖おすねん」

「たしかによく似ている。日本のエンマさんが舌を抜くのもこんな道具だったんじゃないか」

「そっちのほうが怖おすな」

葵が片目をつぶった。

大勢の参拝客が熱心に祈りを捧《ささ》げていることに少なからず驚くが、そもそもなぜこのお寺が釘抜きで有名になったのだろう。

こんなときに便利なのが駒札《こまふだ》と呼ばれる立て札で、将棋の駒のような形をした板に、寺や神社の由緒が記されている。どこの駒札もほぼ同じ大きさで、おおむね千文字以内だから、内容を読むのに時間がかからなくていい。

急ぐときは必ず写真を撮っておいてあとから読むことにしている。字数が限られているせいか、実に簡潔にまとめられていて、頭にすっと入ってくる。

その駒札によると、なんとこの地蔵堂に祀《まつ》られている地蔵菩薩《ぼさつ》の立像は、弘法大師《こうぼうだいし》の作と伝わっているというのだ。弘法大師空海《くうかい》といえば、平安時代初期の僧だから、千二百年以上も前の人物である。

そして、もとは〈苦抜《くぬき》地蔵〉と呼ばれていて、民衆の苦しみを抜き取るという信仰があったとも記されている。苦がなぜ釘に変わったかと言えば、手の病気に苦しむ商人の夢に現れた地蔵菩薩が、病人の手に刺さっていた二本の恨みの釘を抜いて救ったからだとも書かれている。

「どなたに恨まれてはったんですやろな」

傍で駒札を読んでいた葵は、わたしと同じ疑問を持ったようだ。

「当人が恨まれていたのだとすれば、男女関係か金銭関係だろうね。しかしその人物が善人だったのなら、先祖が恨まれていたのかもしれん」

英国の伝承文学と違って、日本には先祖が犯した罪を後世の人間が背負うという話が少なくない。

「なんぞご先祖さんが悪さしはったんどすやろか。お気の毒なことやわ」

葵はまるで近所の知人であるかのように同情しているが、駒札の続きを読んで、わたしの驚きは更に深まった。

地蔵堂の背後に祀られている阿弥陀三尊像《あみださんぞんぞう》は重要文化財にも指定されていて、鎌倉時代初期の作だというのだ。

観光客が多く訪れるような寺ではなく、街なかにひっそりと佇《たたず》んでいる、こんな小さな寺にも、平安や鎌倉が現存している。

「そんなん当たり前ですやんか。ここは京都どすえ」

葵はわたしの驚きを、いともたやすく一蹴し、あざけるような笑みまで向けてきた。

「別に葵の手柄じゃないんだから、そんな顔せんでもいいだろう」

「そらそうどすけど。せんせほどの立派なお方が、こんなくらいでびっくりしてもろたら困りますやんか」

見くだしておいて、あとから持ちあげるのも京都人特有の処し方である。

「お大師さんが掘らはった井戸もあるんどすけどご覧になります？」

葵がまた得意げな顔をした。

仏像なら分からなくもないが、日本を代表する高僧が自ら井戸を掘るとは、いくらなんでも信じられない。

境内の一番奥まで進むと、たしかに立派な石積みの井戸がある。しかしこれが千二百年も前に掘られたものだとは思えない。きっとその痕跡が、どこかに残っているという程度なのだろう。

「腰のほうはどうですの？　なんやさっきより楽に歩いてはるように見えますねんけど」

葵に言われて気付いたが、たしかに痛みはほとんど感じない。

「わたしの腰に刺さっていた釘が抜けたのかもしれんな」

こういうときに日本では、狐《きつね》につままれたようだと表現する。

「お参りしてよろしおしたなぁ。絵馬を奉納しときまひょか」

八寸釘が二本と釘抜きを貼り付けた絵馬は、見ているだけで霊験あらたかな気がする。

通常はお参りをし、絵馬を授かって持ち帰り、苦痛が抜けたあとにお礼詣《れいまい》りをして奉納するのだそうだが、ありがたいことに一度で済んだ。

「さてと、お参りも無事に終えたことだし、どこかでお昼にしようか」

「何がよろしおす？　和食か洋食か」

籐《とう》のバッグからスマートフォンを取りだして、葵が画面を指でタップした。

「なんでもいいのだが、近くがいいね。並んだりしなくてもいい店で、安くて美味しいランチが食べられれば」

「まだ時間が早おすさかい、並ばんでもええ思いますけど、洋食屋はん行きまひょか。すぐそこですねん」

わたしの返事を待つことなく、スマートフォンを仕舞って、葵が歩きだした。

境内を出て南に歩き、すぐひと筋目を東に折れると、右手に目指す店があった。

壁付けの看板には『キッチンパパ』と書いてあるが、オレンジのテントの下には〈店頭即時精米の店〉と書かれている。

「ちょっと変わってまっしゃろ。お米屋はんの奥にお店があるんどすねん」

「米屋がレストランもやるなんてところが京都らしいといえば京都らしいな」

「時分どきになったら、ようけ並ばはるんどすえ」

葵の言葉どおり、店に入ると待合室らしきスペースが設《しつら》えてあり、その人気ぶりが窺《うかが》える。

行列こそないものの、けっして狭くはない店内はよく賑《にぎ》わっている。路地裏といってもいいような目立たない場所にあっても、この盛況ぶりだ。よほど料理が旨《うま》いのだろう。

「ここは料理だけではなく、音楽も名物のようだね」

京都のレストランにしてはめずらしく大きな音量でジャズが流れている。

「何にしはります？」

葵がランチメニューをわたしに向けた。

「お奨《すす》めは何？」

「うちはハンバーグが好きどす」

「じゃあハンバーグと海老《えび》フライのセット」

ふたりとも自然に声が大きくなるのは、BGMのせいだろう。

オーダーを終えておしぼりを使っていると、あっという間に満席になった。

「ラッキーだったね。これもお地蔵さまのおかげかな」

京都には和食だけでなく、美味しい洋食屋がたくさんあるのだが、最近はどうやらブームになっているらしく、人気の店は行列が絶えないらしい。ディナータイムだと予約が取れない店も少なくないようで、しかもそこそこの金額だ。この店のように千円以下で真っ当な洋食ランチが食べられるのはありがたい。

「ほんまに美味しおすな」

ハンバーグを頬張って、葵が満面に笑みを浮かべた。

「このタルタルソースもなかなかのもんだ。カキフライにもよく合いそうだな」

海老フライに添えられたタルタルソースも、ハンバーグにかかっているデミグラスソースも手作り感があって、実に美味しい。何より米屋が営んでいるだけあって、白ご飯がすばらしい。小食のわたしにしてはめずらしく二度もお代わりをした。

「すっかりようならはったみたいですね」

食後のコーヒーを飲みながら、葵がわたしの顔色を窺っている。

「今朝までの痛みがウソみたいだよ。まさかこんな即効性があるとは思わなかった」

椅子に腰かけたまま、腰を曲げ伸ばししてもほとんど違和感がないことには、ただただ驚くしかない。

「このあとはどないしはります？　うちはお昼から用事があるんで大学に行きますけど」

急《せ》かすように葵が言ったのは、待合席が混んで来たからである。当たり前のことだが、こういう気遣いができるところに、育ちの良さが表れるのだ。

「腰の調子もよくなってきたから、もう少しこの辺りを歩いてみるよ。どこかお奨めのところはあるかい？」

伝票を取って立ち上がったが、痛みはまったく感じない。

「〈千本釈迦堂《せんぼんしゃかどう》〉はんが近ぉすさかい、寄ってきはったらどないです？　すぐそこどっせ」

支払いを済ませ、足早に店を出てすぐ、葵がスマートフォンの画面をわたしに向けた。

「ひょっとしてそれも通称かな？　この地図には『大報恩寺《だいほうおんじ》』と書いてあるのだが」

「釘抜さんと一緒で、京都の人はたいてい〈千本釈迦堂〉てお言いやすけど、ほんまは『大報恩寺』さんどす。せんせのお好きなべっぴんさんもおいやすお寺でっせ」

「それが本当なら嬉《うれ》しい話だが、どうも裏がありそうだな」

「せんせも疑《うたぐ》り深《ぶこ》ぅなってきはりましたな。うちはおかめさんはべっぴんさんやと思いますけど、せんせがどう思わはるか」

意味深な表情で、葵はおかめという名をあげた。今どきの美人女性とは縁遠そうな名前だ。

「あまり期待しないようにするよ」

千本通に出たわたしたちは南に向かって歩き、五辻《いつつじ》通の角にある昆布屋の前で別れた。

短い青信号にもかかわらず、スムーズに向かい側に渡れたことでつい口笛を吹いてしまう。体調ひとつで人間の気持ちは重くも軽くもなるのだ。

西に向かって歩く五辻通は洛中《らくちゅう》にふさわしく、細い通りの両側に民家や商家が混在していて、歩くに愉《たの》しい通りだ。デジカメを取りだして、両側にカメラを向けながら歩くと、わたしよりはるか年上だろう老婆が笑顔を向けてくれる。

しばらく歩くと右手に寺の入口が見えてきた。

石畳の参道の両側には築地塀《ついじべい》があり、〈国宝千本釈迦堂〉と刻まれた、大きな石塔が建っている。目印となるのも、やはり正式名称ではなく通称なのだ。

駒札を捜したが見当たらない。予備知識を持たずにとりあえず参道を奥へと進む。狭い間口からは想像もできないほど、参道は長く続き、山門をくぐると広い境内に出た。

さきほどの『石像寺』はほぼ思った通りの広さだったが、この寺はまったく違う。砂利が敷かれた境内のなかに石畳の参道がまっすぐ延びていて、突き当たりに建っている古めかしいお堂までけっこうな距離があった。どうやらこれが本堂のようだが、五辻通からここまで八十五メートルほどはありそうだ。周囲を民家に囲まれているせいで、巨大な袋小路《ふくろこうじ》のように見えるが、おそらく話は逆で、元はもっと広大な敷地だったのだろう。『大報恩寺』の名の〈大〉はそれを表しているに違いない。

本堂の前に頼りの駒札が立っていて、それによると、鎌倉時代に建立されたこの本堂そのものが国宝なのだという。これは非常にめずらしいことではないのだろうか。なぜなら応仁《おうにん》の乱において洛中の建造物はことごとく焼け落ちてしまったと言われているからだ。わたしの乏しい知識ではあるが、洛中で八百年近い歴史を持つ建造物は、たぶんここだけだろう。

拝観料を納めて本堂に上がりこんだ。

何度も修繕されたのだろうが、それでも八百年も経《た》っているとは思えないほど、よく保存されている。畳に座り込んでいると、新夷町の我が家と何ら変わらない。

　本堂のなかには何本もの太い柱が立っていて、いかにも年季が入った感じである。それらの柱をよく見るといくつも疵《きず》がついていて、説明書きによるとそれらは応仁の乱の際についた刀疵だというのだ。

　八百年前に建てられたお堂のなかに、五百年前の戦《いくさ》の痕が残っている。思わず大きなため息が口をついて出た。

　そんな本堂の奥の廊下に、その長い歴史にはいささか似つかわしくないような展示物がある。美術品とは思えない人形の群れである。

　日本に来て初めての正月を迎えたときのことだった。知人宅に招かれ、子どもたちも交えて正月遊びに興じていて、百人一首、双六《すごろく》と続き、福笑いという遊びがはじまった。

　顔の形が描かれた絵の上に、目隠しをした子どもが眉や目玉、鼻、口などのパーツを並べる遊びだが、その完成形と、ここに並ぶ人形の顔がそっくりなのである。

　たしかあれはオタフクという名の女性だと聞いたような記憶があるのだが、ここにはオカメと名が付いている。葵が言っていたべっぴんさんとはこれのことなのか。やはり同性の言うことはあてにならない。

それにしてもオタフクとオカメは同一人物なのか。そしてなぜ洛中最古の建造物であるお堂に、その人形が飾られているのか。本堂を出てすぐ東側にある〈おかめ塚〉にその答えが記してあった。

鎌倉時代に本堂を造営しているときのこと。現場を取り仕切っていた大工の棟梁《とうりょう》である高次《たかつぐ》は、事もあろうにたいせつな四天柱のうちの一本を短く切ってしまったというのである。

慎重にと思うあまり失敗してしまうというのは人間の常である。わたしにはよく理解できる話だが、当時の状況としては許されるわけがない。

途方に暮れていた夫を見かねて、妻のオカメはある提案をする。

それは四本とも柱を短く切って、上部に木々を継ぎ足せばいいという話だった。なるほど、今となってはそれしか方法がないとばかりに、高次はオカメの提案どおりに施工し、無事に本堂を完成させ事なきを得たのだ。

これで話が終わればメデタシメデタシなのだが、そうはいかない。

いずれ、女房の口添えで完成したことが世間に知れるかもしれない。そうなれば夫の名声に傷が付く。そう考えたオカメは上棟式の前日に自害してしまったのだ。

大和撫子《やまとなでしこ》ならこのオカメの心情が理解できるのかもしれないが、英国人男性であるわたしにはよく分からない。

哀《かな》しみに暮れながらも高次は、上棟式に際し、御幣《ごへい》の先にオカメの名にちなんだ福の面を飾った。

その言い伝えが美談として残り、オカメは良妻の鑑《かがみ》として、この寺の象徴となっているのだ。供養塔の横には巨大なオカメ像があって、夫婦和合のご利益《りやく》があると言われている。

オタフクというのはどうやらこのオカメの別称らしく、多くの福をもたらす女性ゆえ、〈お多福〉と名付けられたらしい。

福笑いの顔のパーツにも意味があって、下がり眉と目は、まずは笑うように。右の頬は父親で左の頬は母親。真ん中にある低い鼻が自分。両親を大切にせよとの教えだそうだ。更には小さなおちょぼ口は、すべて正直に話し、隠し事をするなという意だという。

福笑いのオタフク、この寺のオカメが一本の糸でつながった。すべての答えは京都にある。京都に移り住んでよかったとつくづく思う。

こういう話はすぐに誰かに伝えたくなる性分なので、わたしの足は自然と〈喫茶菊乃〉へと向かっていた。

3

〈喫茶菊乃〉は宮川町の歌舞練場近くにあって、今どき珍しくサイフォンでコーヒーを淹《い》れてくれる店だ。バスで行きたいところだが、あいにく『大報恩寺』からはちょうどいいルートのバスがない。腰痛の再発を避ける意味でもタクシーで行くことにした。

川端通を南下したタクシーは松原橋の手前で停《と》まった。見慣れた外階段には夏の日差しが降りそそいでいて、いかにも暑そうだ。

腰の声を聞きながら、慎重に一段一段上がっていくと、カウベルの音とともに店のドアが開いた。

「お暑いなかをようこそ」

小平菊乃が出迎えてくれた。

「まさか迎えに出てくれると思わなかったよ」

わたしの指定席になっている、奥から二番目のカウンター席に腰かけて、冷たいおしぼりで首筋の汗を拭った。

「エビス教授がギックリ腰になられたって、葵さんからお聞きしてましたので、この足音はもしやと思いまして」

黒いシャツにブラックジーンズ、白いエプロンといういつもの出で立《いた》ちで、カウンターのなかから菊乃が笑顔を向けてきた。

九条家の末裔である葵もだが、菊乃の立ち居振る舞いには、京都らしい奥ゆかしさを感じる。菊乃は京都で生まれたわけではないのだが、物腰がやわらかく、どこかはかなげで、美人画のモデルになりそうな女性だ。

馴染《なじ》みの店がありがたいと思うのはこういうときだ。きっと京都にはほかにもたくさんコーヒーの旨い店があるのだろうが、よほどのことがない限り他へ行こうとは思わない。

カウンターをはさんで、たわいもない会話を交わしながら、コーヒーの香りに心を休ませるのは、何ものにも代えがたい時間だ。

菊乃はフラスコのコーヒーをカップに移し、ソーサーに載せてわたしの前に置いた。

「あいかわらずいい香りだ。どんな豆を使っているかなんて野暮なことは訊かない」

「エビス教授らしいですね。たいていのお客さまはお訊《たず》ねになるんですよ。どんな豆を使っているのか、とか、焙煎《ばいせん》はどうしてるのかとか」

サイフォンの片付けをする菊乃と、茶道具を片付けるときの葵は、同じように見えるから不思議だ。

「わたしが日本に来たころはそうでもなかったと思うのだが、日本人はどうしてこれほど食のことを詳しく知りたがるのかね。美味しければそれでいいじゃないか」

コーヒーも酒も、料理も食材も、カウンターで飲み食いしていると、しばしば客が店の人にあれこれ訊ねる場面に遭遇する。英国でも見かけなくはないが、日本に比べるとはるかに少ない。

「エビス教授が日本にお越しになったのは、たしか七年前でしたよね。あのころは今ほどのグルメブームではなかったと思います。喫茶店というより、コーヒー専門店が京都にできてきたのも、この一年ほどだと思います」

菊乃の言葉にはいくらか批判めいた空気が含まれているが、けっしてそれをあからさまにしないのも、菊乃らしい慎ましさだ。

「そもそも、コーヒーがブームになることからしておかしいのではないか。関西のリージョナルマガジンの表紙を見て驚いたよ。コーヒーブームの最前線はここだ！　って、そんなものがどこにある！　と思わず書店で叫んでしまったよ」

「目に浮かびますわ」

菊乃がくすりと笑った。

本当は早くオカメ伝説を菊乃に話したいのだが、なかなかきっかけがつかめない。カップをゆっくりと傾け、香りと苦みに酔っていると、それだけで充分満ち足りた時間が過ぎていく。

サイフォンで淹れたコーヒーには独特の味わいがある。それはネルドリップにはない、素朴なぬくもりだ。理科の実験道具のような武骨なかたちから生まれでた味だからこそ、だ。難しい顔をしてハンドドリップする、今流行《はや》りのコーヒーとは違う。

「すっかりよくなられたようで何よりですね」

カラカラと氷の音を立てながら、菊乃が冷水をわたしの前に置いた。

「一時はどうなるかと思ったんだけど、釘を抜いてもらったおかげでスッキリしたよ」

葵と一緒に訪ねた『石像寺』でのできごとをかいつまんで話した。

「わたしも心の奥に刺さった釘をあのお地蔵さんに抜いてもらったんですよ」

屈託のない菊乃の晴れやかな顔を見ると、本当に刺さっていた釘が抜けたのかもしれないと思わされる。

壮絶という言葉が合うのかどうか分からないが、菊乃の倫《みち》ならぬ恋の話は、わたしの胸の奥深くにも刺さっている。他人でもそうなのだから、本人にとっては耐え難い苦痛だったに違いない。そんなものまで抜き去ってくれる〈釘抜地蔵〉には感嘆するしかない。

「今さらながら京都という街のおもしろさというか、奥深さに感心するよ。そのあとにね、『大報恩寺』というお寺に行ったんだが、そこでもまたびっくりするような話があった」

「〈千本釈迦堂〉さんのオカメ伝説ですか?」

菊乃が即答した。

きっと菊乃は知らないだろうと思っていたが。ひょっとすると京都に住んでいる人たちは、みんなオカメ伝説を知っているのだろうか。

「ほかの方がどうかは分かりません。わたしはたまたまフミさんのお話を聞いて、興味を持ったのでお参りしただけのことなので」

「フミさんから?　オカメ伝説のことを?」

「ええ。ご自分の経験に照らし合わせて、お話をしてくださいました」

「フミさんの経験がオカメ伝説に関係があるということ？」

思わずカウンターに身を乗りだした。

「オフミ伝説にならなくてよかったって、おっしゃってました」

菊乃が意味ありげな笑みをカウンターに落とした。

またか。わたしは大きく肩で息をした。

けっして落胆したのではない。もちろん失望したのでもなければ、飽き飽きしているのでもない。大いに感服しているのである。

お寺や神社を訪ね、そこに伝わる話を知ると、必ずといっていいほど、周りにいる身近な誰かにつながるのだ。

よもやオカメ伝説とフミさんが結びつくとは思ってもみなかった。

「オカメ伝説になりそこねたオフミ伝説という話を聞かせてくれるかな」

冷たい水を一気に飲みほした。

「エビス教授にお伝えしていいかどうか、わたしには分かりません。直接お聞きになったほうがいいように思います」

菊乃が神妙な顔つきをした。

何かしらネガティブなことなのか、悲話と呼ぶべき話なのか、いずれにせよ浅くはない話なのだ。

「どうだね。今夜フミさんのお店に行こうと思うのだが、一緒に行きませんか」

「ありがとうございます。ちょうど今夜は予約も入っていないので、お店を閉めようかと思っていたところなんです。ご一緒させていただいてよろしいですか」

〈喫茶菊乃〉は夜になると〈喫酒菊乃〉に変わり、菊乃は居酒屋の店主になるのだ。うっかりそのことを忘れて誘ったのだが、日本ふうに言うところの結果オーライだったようだ。

「どうぞどうぞ。夏のおでんを食べながら、オフミ伝説を聞きましょう」

今朝起きたときの腰の痛さからは、まったく想像も付かないような今夜の予定に、つい鼻歌などを歌いながら、軽やかに外階段を降りた。

4

かなりの確率で夕食を〈小料理フミ〉で摂《と》ることが多くなってきたが、その大半はひとり飯である。歳《とし》を重ねるごとに食べる量が減り、逆に飲む量が増えてくるのは困ったことだ。食事の量が減っているのに、体重は増加傾向にあるのも困ったことだ。

ものの本によると、ギックリ腰の原因のひとつに太り過ぎがあるとされていた。

暖簾《のれん》をくぐる前は心に留め置くのだが、いつもそれはどこかに飛んでいってしまう。料理人のヨシトが作るフミさんの店の料理が美味しいからでもあるが、同伴者がいないと歯止めが利かないのも飲み過ぎる理由のひとつだ。

今日は菊乃と一緒だからそんな心配もしなくていい。軽やかに店の引き戸を引いた。

「おこしやす、ようこそ先生」

少しばかりハイトーンで迎えてくれるフミさんの声と同時に、背中を向けていた菊乃が立ち上がって会釈した。

「早かったんだね」

いつもの指定席に座っておしぼりで手を拭った。

「外でご飯を食べるのは久しぶりなので、嬉しくて待ちきれなかったんです」

菊乃が恥ずかしそうに両肩を狭めた。

淡いブルーのワンピースはノースリーブで、薄手の白いカーディガンから透けて見える肩がなんとも艶っぽい。

「菊乃ちゃんとご一緒いうのは初めてと違いましたかいなぁ」

いつものように、おでん鍋に菜箸を入れながらフミさんが、菊乃とわたしの顔を交互に見ている。

茶道の師匠である辰子先生や、古書の〈竹林洞書房〉店主の葉子とも、同席することがあるのだが、そのときと比べて、フミさんの眼差しはいくらか疑り深い。

「すみません。あんまり喉が渇いていたものですから、先にはじめさせていただきました。エビス教授は何をお飲みになります？」

ビアジョッキを傍らに置いて菊乃が訊いた。

「何を食べるかによるのだが、今夜のお奨めは何かかな」

大根のカツラ剝《む》きをしているヨシトに訊いた。

「もう鱧《はも》も鮎《あゆ》も食べ飽きはったと思いますし、近江《おうみ》牛でもどうです？」

食材の季節を重んじる京都の店では、旬を過ぎると主役にはなれない。江戸っ子的に言うなら野暮ということだろうか。

しかしながら、旬を遠く過ぎてしまうと、今度は名残という称号を与えられて珍重されるのだから、京都の食は奥が深い。

秋も深まったころに、名残の鱧と松茸《まつたけ》を合わせた鍋は究極の美味だったし、ぷっくりとお腹がふくれた子持ち鮎は落ち鮎と呼ばれており、これもまた若鮎とは違って、妙《たえ》なる味わいだった。

ちょうど今は端境期なのだろう。魚がダメなら肉がある。それもまた京都の食なのである。

京都肉というものもあるが、それよりも京都で食べる牛肉が美味しいという評価は日増しに高まっているようで、雑誌の京都特集でも、和食と並んで肉料理のページ数は多い。

「肉はお好きですか」

菊乃に訊いた。

「海辺で生まれ育ったので、子どものころはあまり食べなかったのですが、京都に来てからすっかり肉食系になりました」

菊乃は片えくぼを寄せて笑顔を作った。

「じゃあメインはお肉にするとして、赤ワインをいただこうか。ワインに合いそうなツマミを適当に。それでいいかな」

「はい」

清々《すがすが》しい声で菊乃が短く答え、ヨシトは指でOKサインを出してみせた。

「ワインによう合うおでんもありますさかい、いつでも言うとぉくれやす」

横から口をはさむのがいかにもフミさんらしい。

おでんを頼むタイミングで、例の話を切りだしてみようかと、小声で菊乃に訊くとこっくりとうなずいた。

「今日も国産のワインでよろしいですか」

「もちろんだとも」

ヨシトが見せてくれたボトルには〈小諸《こもろ》ピノ・ノワール〉と書かれたラベルが貼られている。小諸といえば軽井沢《かるいざわ》の近くにあって、『懐古園《かいこえん》』という名の城跡がある風情漂う街だ。あの街で育てられたピノ・ノワールでできたワインはどんな味がするのか。

「美味しい」

グラスを合わせ、ひと口飲むなり、ふたりで同時に目を丸くした。

ベリー系の香りと酸味がほどよく調和していて、実に旨いワインだ。

「いくらでも飲めてしまいそうで怖いですね」

飲みほして菊乃が頬をほんのりピンクに染めた。

「ようできたワインやと思います。アテはこんな感じでどうでしょう。ウニを載せた胡麻《ごま》豆腐、秋茄子《あきなす》とニシンの炊き合わせ、ヅケマグロのワサビ和《あ》え、車海老のアラレ揚げ、根菜のピクルス。このあとにお肉を焼かせてもらいますんで、声かけてください」

漆器の丸盆に小鉢や小皿が並んでいて、どれも見るからに旨そうだ。

「やっぱり自分で作るより作ってもらうほうがいいですね」

〈喫酒菊乃〉の料理も悪くはないが、ヨシトの料理には敵《かな》わない。

日本に来て、初めて生ウニを食べたときは、なんとも言えず不気味な味と食感だと思ったのが、今では好物になってしまった。ねっとりとした胡麻豆腐と生ウニの相性はすこぶるよろしい。

ワインを飲み、酒肴《しゅこう》をつまみ、またワインを飲む。それを繰り返すうち、早くフミさんの話が聞きたくなり、あっという間にボトルが空になった。

「そろそろおでんを頼みましょうか」

すっかり顔を赤くした菊乃が、わたしの意を汲《く》んだように提案してくれた。

「フミさん、おでんをお願いします。ワインに合うってやつをみつくろってくださ
い」

空のボトルをヨシトに見せ、次のワインをリクエストしてから、フミさんに声をか
けた。

「さいぜんからお声がかかるのを、首を長《なご》うして待ってましたんどすえ」

フミさんが嬉しそうな顔で菜箸とおたまを手にした。

「エビス教授は〈千本釈迦堂〉さんへ行ってこられたようですよ」

間髪を容《い》れず、菊乃が切りだした。

「そうらしおすな」

顔色ひとつ変えないフミさんには、きっと葵から今日の話が伝わっているのだろう。

そんなことにはもう驚かなくなった。

「鴨《かも》のツミレ、利休麩《りきゅうふ》、手羽元、野菜きんちゃく、近江こんにゃく。お肉の前どす
さかい、これくらいにしときまひょか」

信楽《しがらき》の角鉢にふたり分を盛り付けて、フミさんはおたまでおでんつゆをたっぷりとかけた。

「たしかにワインによく合いそうだね」

取り皿を菊乃に渡し、先に取るように奨めた。

「ベジファーストにしましょうね」

菊乃は野菜きんちゃくを取り分け、わたしの前に置いてくれた。

「オカメさんの話には驚かされたのだが、オフミ伝説がどんな話なのか気になってね」

袋状にした油揚げに、刻んだ野菜がぎっしり詰まった野菜きんちゃくを箸でほぐしながら口に入れた。

「伝説てなそないたいそうなことやおへん。うちも似たようなことがあったていうだけですわ。気難しい職人肌の主人がおって、小賢《こざか》しい女房が口出しする。よそのお人はそれを内助の功やて言うてくれはりますけど、頑固もんの主人にとっては余計なお世話やっちゅうことです」

「そのことがなかったらこのお店はなかったんですよね。あの話、わたしは好きだなぁ」

フミさんがさらりと受け流したのを、菊乃が引き留めた。

「そういうたらそうやけど」

おでん鍋に目を落としたフミさんが口元をゆるめた。

「小説のネタにしたりはしませんから聞かせてください」

鴨のツミレに箸をつけた。

「今から十二年前のことです。当時はこの店は〈割烹弥介《かっぽうやすけ》〉ていうて、主人の弥介がやってましたんや。主人は京都の料亭で修業して、三十で独立してこの店を持ちましてな。うちが言うのもなんやけど、料理名人て言われるくらいの腕前どした。歌舞伎役者はんやら、作家先生やらに贔屓《ひいき》にしてもろて、よう繁盛してました」

おでん鍋に菜箸を入れながら、フミさんが語りはじめた。

「フミさんは女将《おかみ》さんだったんですか？」

ワイングラスを傾けながら訊いた。

「女将いうても皿洗うたり、お茶出したりていう程度で、飾りもんみたいなもんどした。気難しい主人どすさかい、料理を手伝おう思うても、邪魔するなて叱られましたし。愛想は悪いんどすけど腕がええさかいに、あちこちからお声をかけてもろて、出張料理もしてましたんや。お大尽さんとこやら、当時の知事さんとこやらへお邪魔してるうちに、とうとう上のほうからお声がかかりましたんですわ」

「上のほうというのは？」

「御所のことみたいですよ」

　フミさんへの問いかけに菊乃が耳打ちした。

　御所ということは、すなわち皇室からのオーダーということになる。やんごとない方々がその評判を聞いて、弥介さんの料理を食べたいと思っても、店を訪ねるとなると、さまざまな障害があるのだろう。出張してもらうというのはナイスアイデアだ。英国王室においても、そういうことがあるやに聞いている。

「こんな名誉なことはない言うて、主人は精進潔斎して伺うてました。それが何回続きましたやろなぁ。そのうち、おみやまで注文いただくようになりましてな」

「おみやって？」

　菊乃の耳元で訊いた。

「おみやげのことだと思います」

　酔いが回ってきただろう菊乃の吐息が耳に熱い。

「主人が一番得意やったんは鯖寿司《さばずし》どすねんけど、それをようけ注文してくれはりましてん」

「名誉なことじゃないですか。京都には有名な鯖寿司専門店があるというのに、そこを差し置いて注文が入るなんて」

「本当ですよね。その鯖寿司食べてみたかったなぁ」

菊乃がワイングラスを一気に傾けた。どうやら相当酔いがまわっているようで、とろんとした目の菊乃を見るのははじめてだ。

「鯖の仕入れから、塩をして〆《しめ》るとこまで、万全の態勢でしたんやが」

フミさんの顔が急激に曇った。

菊乃がオカメ伝説と並べるくらいだから、きっと弥介は何か失敗をしたのだろう。塩が強すぎたとかだろうか。

「これ以上はないていうくらいのええ鯖を仕入れられたんで安心したんでっしゃろなぁ。うっかりと縦半分に切ってしまいましたんや。うちの主人、アホどすやろ」

今までに見たことがないような、悔しそうな顔をして、フミさんが小さく舌打ちをした。

オカメさんの主人は柱を短く切ってしまい、フミさんの主人は鯖を小さく切ってしまった。たしかによく似た話だ。

「『弥介』の鯖寿司っちゅうたら、ひと口では食べ切れんほどの大きさが売りもんやったんどす。たっぷりの酢飯を分厚い鯖で巻きこんでこそやのに、縦に切ってしもうたら台無しですがな。放っておいたら自殺してしまいそうなくらいに、主人は落ち込んでしまいましたんや」

フミさんが大きなため息をついた。

「その大ピンチを救ったのがフミさんなんですよね」

菊乃は少しばかりろれつが回らなくなっている。上半身もゆらゆら揺れているところを見ると、相当酔っているようだ。

「切ってしもた鯖は元に戻りまへんがな。それやったら小さい棒寿司にしたらええんと違うの。そう言いましたんや。最初は、そんなことできるかい、て洟《はな》も引っかけへんかった主人も、それしか手がないて思うたんですやろな。しょうことなしに、てな顔をしながら、いつもの半分ほどの大きさの鯖寿司に仕立てて、やんごとない方のところへお持ちしたんです」

なんと、オカメ伝説とそっくりではないか。しかもそれが目の前にいるフミさんの実体験だというのだから、驚きを通り越してあきれてしまう。しかし問題はその結果だ。

「お届けして帰ってきた主人の落ち込みようていうたら、そらもう。ひと言も口きかんと晩ごはんもお箸つけんと、お通夜みたいどした」

それはそうだろう。ただの客ではない。誰だか分からないが、ロイヤルファミリーの一員であることは間違いないわけで、失敗作といってもいい寿司を届けたのだから、夜も寝られなくて当たり前だろう。

「一睡もできなんだみたいで、ひと晩中、寝間でごそごそしてはりましたわ。夜が明けると同時に、昔やったら打ち首や、てなことをぶつぶつ言いながら起きだして、何回も仏壇に手を合わせてはりますねん。これは片ときも目を離せんなと思うて、朝からずっとくっついてまわってましたんや。そしたらあんた、御所からお使いの方がお出でになりまして、夫婦揃《そろ》うて腰を抜かしそうになりましたがな」

当時のことを思いだしたのか、フミさんは鼻息を荒くし、両肩を大きく上げ下げした。

話が佳境に入り、菊乃がどんな合いの手を入れてくるかと思いきや、姿勢を保ったまま、すやすやと寝息を立てている。

「そりゃあ誰でも驚きますよね」

ワインで喉を潤してから、赤い近江こんにゃくを口にした。

「お使いの方が玄関先で菊の御紋の入った風呂敷を解いて、白木の角盆に載った手紙を渡してくれはりました。そんなこと経験したことおへんさかい、うろたえてしもて、そのままありがとうにいただいて、お帰りいただきました。どんなおとがめがあるんやろうと、急いで手紙を拝見したら、なんとえらいお褒めの言葉をいただきまして。また腰が抜けそうになりました」

フミさんはコップに注《つ》いだ冷水を、喉を鳴らしながら一気に飲んだ。

「ホッとしましたね」

菊乃の代わりに合いの手をはさんだ。

「やんごとないお方の奥さんのご希望やったみたいで、小さいサイズがよかったみたいどすねん。なんでも東京のほうでは、小そぅした料理を小袖と呼ぶんやそうで、切り口が着物の袖口に似てる、小さい棒寿司は小袖寿司て言うて、粋筋に人気なんやそうで。うちはしょうことなしに、小そぅしただけどす。何が幸いするやら分からんもんどすわ。けど、主人は複雑な気持ちやったみたいで、ありがたいお言葉をいただいたんはええけど、うっかりミスをするような自分が店を続けるわけにはいかん。廃業する、て言いだしましてな。プライドが許さんのかどうか知りまへんけど、廃業してしもたら、うちら夫婦は食べていけしまへん。それやったら、うちがやる。となって、今日に至る、ですわ。甥《おい》のヨシトに料理はまかせて、主人は悠々自適。気ままに暮らしとります」

「いやはや、たしかにオカメ伝説に匹敵する素晴らしいお話ですな。前言を取り消して、小説の題材に使いたいくらいだ」

話が一段落するのを待っていたように、ヨシトがわたしの前に立った。

「先生、お肉はどうしましょ？」

「そうだね。とりあえずわたしの分だけ焼いてもらおうか」

菊乃は気持ちよさそうに船をこいでいる。

「承知しました」

横目で菊乃を見て、ヨシトが口角をゆるめた。

せっかく心地よく眠っているのを、わざわざ起こすこともないだろうが、かといってこのまま放っておくわけにもいくまい。

船をこぐ菊乃の横顔はまるで赤子のように健やかそうで、凄絶な恋を経てきた女性にはまるで見えない。女性の過去は顔に表れないものらしい。

上等の牛肉を焼く、芳《こう》ばしい匂いが漂ってきて、お腹の虫が鳴き声をあげた。

5

つい最近までうるさく鳴いていたセミもどこかに行ってしまったようで、代わって虫のすだきが庭から聞こえるようになった。

「そろそろ秋が来ますねぇ」

桔梗を思わせるような薄紫のワンピース姿の葵が、細かく茶筅《ちゃせん》を動かして茶を点ている様子は、秋到来を感じさせる涼やかさだ。

「うだるような暑さが毎日続いたときは、早く夏が終わるように神に祈ったものだが、こうして終わっていくとなると、なんだか寂しい気もするね」

庭に差し込む日差しは強いが、縁側にそよ吹く風はわずかに冷気を含んでいる。作務衣の足元がひんやり感じるのは久しぶりだ。

今朝の茶菓子は『虎屋』の羊羹《ようかん》だ。羊羹は日持ちもよく持ち運びも楽なので、英国にいるときもよく食べたものだ。どっしりとして、甘みも強いので、最近の日本ではあまり人気がないらしい。羊羹こそ和菓子の王様だと思っているわたしには不満なのだが。

「ええ匂いさせてはりますな。夕べはご馳走《ちそう》をたんと食べて来はったんや」

あいかわらず、京都人らしい嫌みをたっぷり含んだ言い回しだ。

夕べはヨシトが焼いてくれた近江牛がことのほか美味しく、ガーリックチップを山ほど付けてもらった。その匂いに目を覚ました菊乃も同じくらいの量を食べたが、大丈夫だろうか。客商売だからと言いながらも、匂いの誘惑には勝てなかったようだ。

いっそのこと、にんにく臭いと言って顔をそむけてくれればいいのだが、京都の女性はけっしてそんな真似《まね》はしない。

「そうそう、せんせにお伝えしとかんならんことがあります。昨日せんせとお別れしたあと、大学へ向かうバスのなかから、栗原さんをお見かけしたように思います。はっきりお顔までは見えへんかったんで、お人違いかもしれませんけど。河原町二条を上がったところの、東側の歩道どした」

葵がわたしの前に赤楽の抹茶碗を置いた。

「大学のほうにはまったく顔を出していないようで、身体《からだ》を壊したんじゃないかと案じていたのだが」

抹茶碗を左手に取り、右手で軽く時計回りにまわした。

ひんぱんに訪ねてこられると疎ましく感じるが、しばらく姿を見ないと気になる。栗原という男はどうにも厄介な存在だ。

それにしても、葵はなぜわざわざ栗原の話題を持ち出したのだろう。出会って会話を交わしたのなら分かるが、バスのなかから姿を見かけた程度のことを、わたしに話す必要があるとは思えないのだが、それほど葵は栗原のことを気に掛けているということなのか。

時折り花びらを散らしながら咲き誇っているサルスベリも、散ってしまえば寂しく思うのだろう。抹茶の緑に桃色の花びらが一枚浮いた。

第六話　百夜通い

1

日本の四季というものは、実に美しく移りゆくもので、春夏秋冬それぞれを愉《たの》しみ分けられるのは、日本、とりわけ京都に住むことの最大の魅力である。唯一、台風だけは避けたいところだが、それも自然の摂理だ。避けられるわけもない。

東京に暮らしていたときも、秋になると一度や二度は台風がやってきて、雨風を強くするのだが、その程度の嵐は英国だってめずらしくない。関東にはそれほど大きな被害をもたらさないせいか、台風襲来を告げるテレビのレポーターも、どこかはしゃいでいるように見える。渋谷の交差点に立って、時おりヘルメットを押さえながら、険しい顔して行き交う人にインタビューする様はどこか滑稽だ。

ところが京都に移り住んだ昨年の秋に経験した台風は、少なからず恐怖感をおぼえるものだった。日本の南西からやってくる台風は、東京までたどり着いたころには弱っているのだろう。沖縄ほどではないにせよ、京都ではまだまだ台風も元気なのだ。

そんな台風が、三日後には京都にやってくるというのだから、なんとも憂鬱だ。

「たいした台風と違いますやんか。そんなん怖がってたら、京都に住めしまへんえ」

九条葵は平然とした顔つきで、いつもの朝茶を点《た》てている。

あれほど暑かった夏も、あっさりと過ぎてしまい、朝晩はめっきり涼しくなった。

新夷町の我が家を訪ねてくる葵の服装も様変わりした。

ネイビーのサーキュラースカートに、ギンガムチェックのシャツ。白いカーディガンを羽織ったままで茶筅《ちゃせん》を小刻みに動かしている。

「築年数の古い家だから揺れるんだ。窓ガラスもガタガタ音を立てるし、すき間風もピューピューと吹き込むから、生きた心地がしなかったよ」

　去年の秋の台風を思いだすと、今でも身震いする。

　今朝、葵が用意してくれた菓子は栗《くり》きんとん。岐阜中津川《なかつがわ》の『すや』という店のものだそうだ。ねっとりした歯触りと栗の香りが絶妙にからみ合って、この季節にぴったりの和菓子だ。

　栗を使った洋菓子だと、マロングラッセやモンブランがあるのだが、どちらもわたしの好みではない。甘すぎるのである。そこへいくとこの栗きんとんは、甘みをおさえ、栗の香りをちゃんと生かしているところがいい。

「せんせ、えらいおめめが赤ぉすけど、どないかしはったんどすか？」

　葵がわたしの前に唐津の抹茶碗《わん》を置いて、顔を覗《のぞ》きこんだ。

「面目ない。昨日は夜更かしをしてしまってね。去年の正月に録画したままの映画を遅くまで観《み》ていたんだ」

「せんせが夜中に映画観はるやなんて、えらいめずらしおすやん。なんの映画どす？」

　葵が横に座り込んだ。

「『君の名は。』っていうアニメーション映画だ」

「ほんまどすか？　せんせがアニメ映画観はるやなんて信じられまへんわ」

葵が目を白黒させているのも無理はない。大学の講義でも、日本の若者が本を読まなくなったのは、漫画やアニメが多すぎるからだと再三にわたって指摘してきた。アニメを減らせば、少しは活字を読む習慣がつくのではないかと葵にも言ってきた。英国でも活字離れがしばしば話題になったが、日本ほどではない。老いも若きも読書に勤《いそ》しむ姿はあちこちで見られる。

「おとなから子どもまで、たくさんの日本人を夢中にさせるアニメ映画には、いったいどんな魅力が秘められているのか。知っておかないといかんと思ってな」

音を立てて抹茶を飲みきった。

「で、どないでした？　おもしろおしたか？」

「分からんでもないが、かといって、古典文学よりおもしろいとは、まったく思わんかった。人が入れ替わるという発想も単純だし、大のおとなが夢中になるほどではない」

「そう言わはるやろなぁと思うてました」

葵は少し落胆したようだ。

「葵も観たのかい？」

「もちろんですやん。辰子先生と一緒に映画館まで観にいきました」

「で、どうだった？」

「うちは感動しましたんやけど、辰子先生は、ふーん、ていう顔してはりました」

「やっぱりそうか」

大いに納得した。

茶道の師匠である小石原辰子は、わたしと同じく還暦を迎えたから同じ感想を持ったのだろう。わたしも映画を観ながら、何度も、ふーん、と言っていたのだ。否定はしないが、感情移入ができないと、どうしても斜めに観てしまう。ふーん、としか言いようがなかったのだ。

「けど、なんでせんせはあの映画を観ようと思わはったんどす？」

抹茶碗を手にして、葵が立ち上がった。

「あの映画を作った監督のインタビューを聞いていてね、小野小町《おののこまち》の歌にインスパイアされて物語を思いついたって言ってたのに興味を持ったんだよ」

「そうやったんどすか。ちっとも知りまへんどした」

柄杓《ひしゃく》を手にした葵は、茶釜に水を足した。

「〈古今和歌集〉の歌をヒントにしたというから、どんなに深いアニメ映画かと思って期待したのだが」

そのあとの言葉を呑《の》みこんだのは、きっと葵はあの映画に感動したのだろうから、その気持ちを逆なでしないようにと思ったからだ。

人は誰でも自分が感動したものを否定されると落胆する。自分自身まで否定されたように思ってしまうことすらあるのだ。

「小野小町はんの、どんなお歌やったんどすやろ」

まるで小野小町が親戚の叔母でもあるかのように葵が問いかけてきた。

「――思ひつつ　寝《ぬ》ればや人の見えつらむ　夢と知りせば覚めざらましを――という歌だ。恋しい人のことを思いながら寝たので、夢に現れたのだろうか。それが夢だと分かっていたら、目を覚まさずにいたのに。そんな意味だね」

「そう言うたら、そんな映画どしたやんか」

カーディガンの袖を折りながら、葵が顔を向けた。

「映画に限ったことではないが、作品は受け取る側の気持ち次第だからな」

葵の視線を受け流して、庭の片隅に咲く酔芙蓉《すいふよう》の花に目を遣《や》った。

「もう一服いかがどす？」

葵がお決まりの言葉を口にした。

「充分でございます」

あぐらをかいたままだが、深く頭を下げた。

「今日はどないしはります？　台風が近づいてますさかい、しばらくは出かけにくぅなりますえ」

「そうだな。どこか小野小町ゆかりのお寺にでも行ってみるか」

「それやったら『随心院《ずいしんいん》』さんどすわ」

葵がきっぱりと言いきった。

「じゃあ決まりだな。そのお寺はどこにあるんだ？」

「ちょびっとだけ遠おすけど、地下鉄使《つこ》うたら時間はそないかからへんと思います」

葵はスマートフォンを取りだして何やら操作している。アクセスを調べてくれているのだろう。

「着替えてくるから、少し待っていてくれ」

「どうぞごゆっくり」

そう言って葵はふっとため息をついた。

いつもと同じように見えて、しかし今朝の葵は生気に乏しい。どことなく声に張りもないし、表情も沈みがちだ。

若い女性と接していて、最も悩ましいのはこういうときだ。あからさまに問いかけるのもデリカシーに欠けるだろうが、かと言って気に掛けないわけにもいかない。葵とおなじようなため息が口をついて出た。

2

真夏ならあり得なかったのだが、いい気候になったので、出町柳駅まで歩き、京阪電車と地下鉄東西線を乗り継いで、小野《おの》駅までやってきた。

我が家からは一時間近くかかったが、この気候ならまったく苦にならない。地上に出ると爽やかな秋風が吹いていた。

「腰もすっかりようならはったみたいで、よろしおしたなぁ」

地下鉄の駅から『随心院』へは歩いて五分ほどのようだが、以前患ったギックリ腰が再発したら、こんなわずかな距離でも歩くのに苦労しただろう。

「いつ再発するかと思うと気が気じゃないのだが、ありがたいことにその兆候は今のところないようだ」

デニムジャケットの上から腰のあたりを触ってみたが、違和感はまったくない。どうやら今回は落ち着いたようだが油断はできない。

築地塀《ついじべい》のあいだに立派な山門が建ち、奥には石畳の参道が延びている。寺を参拝するときの、このアプローチを目の前にすると身が引きしまる。

教会へ礼拝に向かうときとは、また違った緊張感だ。身近な存在である教会と比べて、日本の寺はもっと深遠な空気を湛《たた》えているような気がするのだ。

駒札《こまふだ》の前で立ち止まった葵に並んで、文字を目で追った。

もとの名は〈牛皮山曼荼羅寺《ぎゅうひざんまんだらじ》〉だったと書いてあり、一瞬冗談かと思ったが、読み進むうち、亡き母を想《おも》う心から創建された寺だと分かり、吹きだしてしまったことを悔いた。

「いろんなお寺の名前があるんどすなぁ。漫画のお話かと思いましたわ」

葵も同じ思いで駒札を読んでいたのだろう。

「小野小町に恋した深草少将《ふかくさのしょうしょう》というのは、いったい何者なんだ?」

石畳の参道を歩きながら、葵に訊《き》いた。駒札に書かれていた悲恋伝説のことはまったく知らなかったのだ。

「小野小町はんにひとめ惚《ぼ》れしはって、百夜通い詰めはったお方です。あんまり詳しいことは知りまへんけど」

先を歩く葵が素っ気なく答えた。

「悲恋伝説ということは、想いは叶《かな》わなかったんだね。せっかく百日も通ったのに、気の毒なことだ」

「通うたさかい言うて、想いが通じるてなもんと違いますやろ。小町はんも迷惑やったかもしれまへんし」

振り向いた葵は眉根を寄せている。

「でもその深草少将という男性は、今でいうストーカーみたいなものじゃなくて、恋人だったんだろ？　でなきゃ悲恋とは言わないはずだ」

「周りが勝手に悲恋伝説に仕立て上げはっただけと違います？　恋人どうしやったら、相手の男はんを百日も通わせたりはしまへんえ」

参道を進み、庫裏までたどり着いたわたしたちは、歌碑の前に立った。

「――花の色は　移りにけりな　いたづらに
わが身世にふる　ながめせしまに――」

葵が声に出して歌を読んだ。

「この歌ならわたしでも知っている。百人一首にも入っているからな」

「桜は色あせてしもうたら、誰も見向きもしはらへん。そら花はそうかもしれんけど、女性もおんなじやと、思うてしまわはった小町はんの気持ちをうちは分かりとうないですわ」

葵が不機嫌そうな顔をしている理由が、わたしにはよく分からない。

この寺に入ったときから、よりいっそう葵の様子がいつもと違ってきた。公家《くげ》の末裔《まつえい》だから気まぐれな性格だということも承知しているし、ときに素っ気ない受け答えをすることもあるが、さほど気になるものではなかった。

それらとは明らかに違う。不機嫌を通り越して、不快感をあらわにしている。

それがわたしに向けられたものではないと思うのだが、どうにも気が重い。

「せんせもやっぱり、女性は若いうちが花やと思わはりますか」

庫裏のなかをゆっくり歩き、奥書院まで進んだところで葵が立ちどまった。

「とんでもない。男女の区別なく、人間はそのときどきに応じた花を咲かせるものだ。もちろん若い女性は美しいが、歳《とし》を重ねた女性の美しさには敵《かな》わんよ」

「やっぱり小説家せんせは、じょうずに言わはるわ。けど、それは建前と違います？本音を言うたら、女性は若いうちどすやろ」

葵がくるりと身体《からだ》の向きを変えて、廊下を歩きだした。

本音と建前を一番じょうずに使い分けているのは葵のような京都人だろう。よほどそう言いたかったが、話がややこしくなりそうなので黙っておいた。

「〈はねず踊り〉はご覧になりました？」

能の間まで来たところで葵が訊いた。

「テレビでちらっと観た。たしか赤い着物を着た女の子たちが踊る、春のお祭りだった気がするのだが」

「そうどす。そのときの舞はここで奉納されるんどっせ。百夜通《ももよがよ》いがテーマになってますねんけど、だいぶ脚色してあるさかい、悲恋やのうて、最後はハッピーエンドの踊りどすけどな」

仕事をしながらテレビのニュースで見ただけなので、詳しくは覚えていないが、赤い縞《しま》模様の入った着物を着て、笠《かさ》に花を付けた少女たちが、歌に合わせて愉しげに踊る祭だったように記憶する。あの可愛《かわい》い踊りがまさか悲恋物語を題材にしていたとは思わなかった。

「なぜ悲恋をハッピーエンドに変えたのかね」

「小学生が踊らはるさかい、そないしはったんどすやろな。小町はんのややこしい気持ちを子どもに教えとうなかったんですやろ」

「そもそも百夜通いというものが史実かどうか分からんのだから、解釈を変えてもいいとは思うが、悲恋は悲恋らしい踊りにして欲しかったな」

「うちもずっとそう思うてました。今日びの子どもさんやったら、理解しはるのと違うやろか」

「叶わぬ恋があるということを、子どものうちに知っておくのもたいせつなことだ」

「叶わぬ恋……どすか」

ぽつりとそう言ってから、葵はゆっくりと歩を進めた。

「深草少将は、どこからこの『随心院』まで通ったのだろう。当然歩いて通ったのだろうから、そう遠くはないはずだな」

付かず離れず、という言葉が合っているのかどうか分からないが、百夜通いの伝説を通して葵の心境を探ろうとした。

「名前ははっきり覚えてへんのどすけど、たしか墨染《すみぞめ》の駅の近くに、深草少将はんのお屋敷があったと思います」

言いながら葵がスマートフォンを操作しはじめた。検索しているのだろう。

なんとも便利な時代になったものだ。昔はお寺の人に訊いて、すぐには分からず、誰か詳しい人を呼んできてもらって、と、手数をかけて、それでも分からずに終わることも少なくなかった。七年前に日本に来たころは、まだそんなふうだった。

「せんせ、ここですわ。『欣浄寺《ごんじょうじ》』ていうお寺です。京阪の墨染の駅から歩いてすぐみたいどす」

葵がスマートフォンの画面を見せた。

「その近くに美味《おい》しいランチを食べられるところがあれば、このまま向かってもいいのだが」

「それやったら、ぴったりのお店があります。『清和荘《せいわそう》』ていう料亭ですねんけど、山際のおじに何度か連れて行ってもろたことがあります。お庭もきれいで、お料理も美味しおすえ」

葵と縁戚関係にある山際淳一は、京洛大学の文学部長であり、わたしに奥深い京都の世界を教えてくれる人物である。山際の行きつけの店なら間違いはないだろう。

「予約してみてくれるかね」

間髪を容《い》れずに葵はスマートフォンを耳に当てた。

3

『随心院』から『欣浄寺』まで、すなわち深草少将なる男性が、小野小町に会うために夜な夜な通ったという道筋は、直線距離で約五キロだ。当時はどんな道だったかは分からぬが、少なく見積もっても八キロほどは歩かねばならなかっただろう。往復すれば十六キロ。しかも途中には小高い山が立ちはだかっている。

コンビニエンスストアの横の階段を降りて、地下鉄の小野駅に向かうところから、深草少将に敬意を抱くようになった。

そしてふと気付いたのは、小町が小野篁《たかむら》と同姓だということだ。あの世とこの世を行き来し、地獄で閻魔《えんま》大王の助手を務めていたというタカムラ・オノと、絶世の美女と称される小野小町は縁戚関係にあるのか。

「たぶんご親戚どすやろな。小野妹子《いもこ》はんもやし、小野道風《とうふう》はんも、皆さん血がつながっておいやすと思いますえ」

葵が事もなげに言った。歴史上の人物を、さも近所の知り合いでもあるかのように、さらりと言ってのける。これも古くからの京都人の特徴である。

小野妹子といえば遣隋使《けんずいし》として有名だし、小野道風は花札にも登場する人物で、柳の木と蛙《かえる》とセットになった絵は子どもでも知っている。それらの有名人と小野小町が親戚筋に当たるとは、にわかに信じがたいが、京都という街ではあり得るようにも思えてしまう。

小野駅から墨染駅まで行くには、地下鉄東西線と京阪本線が交わる三条《さんじょう》駅を経由するのが便利だという、葵の提案にしたがって、地下鉄と私鉄を乗り継ぐことにした。

京阪本線というのは文字どおり、京都と大阪を結ぶ路線で、鴨東《おうとう》線とつながっているので、出町柳駅から大阪方面へ向かうときによく使う私鉄である。紅葉で有名な『東福寺《とうふくじ》』や、千本鳥居が大人気の『伏見稲荷大社《ふしみいなりたいしゃ》』へ行くにも、この京阪本線が便利なのだ。

降り立った墨染駅は、ローカル色豊かで、のどかな空気を醸しだしている。深草少将は都のまん中ではなく、こんな鄙《ひな》びたところに住んでいたのか。

「鄙びたて言うたらそうかもしれまへんけど、うちの家の周りもこんな感じどっせ。まだ畑もようさんおすし」

平安のころの九条家は『京都御苑』の南西の隅辺りにあったようだ。九條池《くじょういけ》には『厳島神社《いつくしまじんじゃ》』もあり、かつてはこの辺りに先祖が住んでいたと言って、葵が案内してくれた。

まだ東京に住んでいたころ、京都御苑を訪れ、九条家の茶室だったという『拾翠亭《しゅうすいてい》』を見学し、その建築の見事さに舌を巻いたものである。夏の盛りだったので百日紅《さるすべり》の花が池の水面に映る様子がことのほか美しかったことを鮮明に覚えている。

その後京都に移り住み、身の回りの世話をしてくれる女性が、あの九条家の末裔だと聞き、驚きと感動のあまり、言葉を失ってしまったものだ。

血統は続いているが、いわば分家筋にあたる葵の実家は吉祥院《きっしょういん》近くにあって、広大な屋敷の周りにはたしかに畑も点在している。

雅と鄙が明確に地域分けされているのではなく、混ざり合っているのは今も昔も変わらないのだろう。

例によってグーグルマップを頼りにして歩くのだが、寺らしき姿はどこにも見当たらない。

「地図やと、この辺にあるはずどすねんけど」

葵が首をかしげながら、スマートフォンと周囲の景色を見比べている。

「寺らしき建物は見えんが、案内板はそこに立っているぞ」

殺風景な駐車場の隅っこに『欣浄寺』と書かれた看板が立っているのだが、指し示す矢印の方向には倉庫のような建物しかない。

「ひょっとしたら、あれが『欣浄寺』はんかもしれまへんな。行ってみまひょか」

葵が駐車場の奥に向かって歩いて行き、そのあとをおそるおそるついていった。

寺務所かと思われた建物が、どうやら本堂らしく、例によってその前に立つ駒札を読むことから参拝をはじめた。

「寺の創建が一二三〇年ごろということは、深草少将が百夜通いしたときから四百年ほどあとに建ったということだな。伏見の大仏が安置されていると書いてあるが、伏見に大仏なんてあったのかね。京都の大仏と言えば、たしか『方広寺《ほうこうじ》』にあったんじゃなかったかな」

「うちもはじめて聞きましたわ。そんな大きい仏さんがおいやすようには見えしまへんけど」

「〈少将の通い道〉を通ると訴訟に勝てないのか。つまり願い事が叶わんということだな」

「願い事が叶わへん象徴にされてしまわはったやなんて、少将はんもお気の毒なことどすなぁ」

駒札の前にふたり並んで読み合うのもすっかり恒例となった。

いわゆる観光寺院ではないせいか、常に開門されているのではなく、事前に予約しておかないと本堂のなかを参拝できないことも多いらしい。

あいにくそんな日に当たっていたようで、大仏さまも、安置されているという深草少将の立像も拝観できなかったが、この場所から通ったという空気さえ感じられればいい。

境内を散策していて気になったのは、〈小町姿見の池〉だ。

境内の半分ほどを占める池が、なぜ〈小町姿見〉と呼ばれているかと言えば、少将の屋敷を訪れた小町が、この池にその姿を映したからだそうだ。

「おかしな話どすな。なんとかして会いたいと思うて、百夜も通わはったのに、会えんまま死んでしまわはった。そやさかい悲恋物語やったのに、もし小町はんが自ら少将はんを訪ねて来てはったんやったら、悲恋でもなんでもおへんやんねぇ」

何度も恋文を出して、ようやく来た返事が、百夜通えば会ってあげる、だったから必死の思いで通ったのであって、小町が自邸に来ていたのなら、数キロも離れた『随心院』などへ通う必要はまったくない。

「〈小町姿見の池〉ではなく、本当は少将姿見の池だったんじゃないか」

「小町はんに会いに行く前に、少将はんが自分の姿を池に映してチェックしてはったんや。そういうことにしときまひょか。そやないと夢がおへんやん」

「それなら小説の題材になる」

葵とわたしの考えが一致した。

池の名に比べると、墨染の井戸を〈涙の水〉と呼んでいるのは実に好ましい。井戸の水が涸《か》れることがないのは深草少将の心情をうまく言い表しているではないか。

伝説というものは、いかにもっともらしく見せて伝えていくかが大事なのであって、一か所でもほころびがあると、そこから一挙に夢が壊れてしまう。百夜通いという伝説はよくできた話だけに、この寺の池の名が惜しまれるところだ。

「ぼちぼちご飯にしまひょか」

葵の言葉をきっかけにして、『清和荘』へと向かう。

五分ほど歩いてたどり着いた店は、想像していたのとはまったく違い、立派な門構えで迎えてくれた。

民家やマンションが建ち並ぶ界隈《かいわい》に、まさに忽然《こつぜん》と、といったふうに建つ外観には違和感を持ってしまったが、門をくぐって一歩敷地に足を踏み入れると、その瀟洒《しょうしゃ》な佇《たたず》まいに、ただただ驚くばかりであった。

「どないかしはりました？」

迎えに出てきた仲居さんと一緒に歩く葵が振り向いたのは、わたしが何度も立ち止まるからだ。

「なぜ、この場所にこんな立派な料亭があるのか。どうにも不思議でならんのだよ」

「昔はここで缶詰を作ってたんやそうです。戦後になって、缶詰工場を宮津《みやづ》のほうに移して、先々代がここを料理旅館にしましたんどす」

仲居の説明だと、いわゆる京の老舗料亭ではないようだが、建築や庭園はそれらに勝るとも劣らない。期待に胸を膨らませて座敷に上がった。

昼でも会席料理を食べられるようだが、昼間からご馳走《ちそう》を食べ過ぎると、午後の仕事に差し支えるので、一番簡単な昼だけの松花堂弁当にした。それも平日限定バージョンだから五千円以内で食べられるのがありがたい。

「山際のおじに連れてきてもろたときは、カウンターで天ぷらを食べたんどすけど、ほんまに美味しおしたえ」

たいていの料理は京都が日本一なのだが、天ぷらに限って言えば、やはり東京が一番だ。京都に移り住んで残念なのは美味しい天ぷらが食べられないことだ。新夷町の自宅からは少しばかり遠いが、いつか必ず食べに来るとしよう。

「お庭を見ながらお食事できるのはぜいたくどすなぁ」

葵は、田の字型に四つに仕切られた弁当箱から庭園へと視線を移した。

洛中《らくちゅう》から少し離れた伏見だから、これほどの広い敷地を維持できているのだろう。伸びやかな庭園は、よく手入れも行き届いていて、見るだに清々《すがすが》しい。

会席料理をコンパクトにまとめた松花堂弁当も味わい深く、盛付も品があって美しく、ぜいたくなランチタイムとなった。

ふだんどおりに見えるときもあれば、これまで見たこともないような、深い憂いを瞳に湛えることもあり、なかなか葵の心情を今日ははかり切ることができずにいる。

瓢簞《ひょうたん》の形になったご飯を崩しながら、お造りや炊き合わせなどと一緒に食べる。一品ずつ出てくる会席もいいが、あれこれ迷いながら食べるのも愉しい。

常々、日本の弁当はよくできた料理形態だと思っていたが、松花堂弁当というのは、その極みかもしれない。

淡々と食べていた葵が箸を置いて、わたしの目をまっすぐに見た。

「うちの代わりに、せんせのお世話をしてくれはる方て、お心当たりはおすか？」

「それはどういう意味だね？　葵が辞めるということかい？」

不意の問いかけに少なからずあわてた。

「もしも、の話ですやん。今すぐ辞めるとか、そんな話やないんどす。余計なこと言うてすんまへん。気にせんといとぉくれやす」

いつもの葵に戻って、笑顔を向けてきたが、気にするなというのは無理な話だ。何か葵の気に障ることでもしたのだろうか。それとも……。

相変わらず葵は目まぐるしく表情を変え、それに気を取られてしまって、食事を愉しむ余裕をなくしたのは残念至極だ。

止椀《とめわん》が出て、水菓子が出てきたことだけは覚えているのだが、中身が何だったかは、まるで記憶にない。

大学に行くという葵は七条《しちじょう》駅で降り、わたしは出町柳駅まで京阪電車に乗り、自宅までぶらぶらと歩くことにした。

出町柳駅から我が家までたどるには、ふたつの橋を渡らなければならない。ひとつ目は高野川《たかのがわ》に架かる河合橋《かわいばし》で、ふたつ目が賀茂川《かもがわ》に架かる出町橋だ。ふたつの川が合流するところに三角州があり、そこから先は一本の川となって鴨川と呼ばれるようになる。

ちょうどその出町橋を渡り切ったところで、山際から電話が掛かってきた。

用件は今夜〈小料理フミ〉で一緒に飲もうという誘いだった。ずっと先の予定まで詰まっているのが山際の常で、当日になっていきなり誘ってくるなど、これまでに一度もなかった。

何かだいじな話があるのかと訊いたが、あるようなないような、と曖昧な言葉を返してきた。しかし話もないのに、急な誘いをしてくるような山際ではない。ひょっとすると葵のことかもしれない。

急ぐ仕事もなく、今夜は自宅で飲みながら資料整理をしようと思っていたので快諾した。

昼が和食だったから夜は洋食にでもしたかったのだが、臨機応変をモットーとする〈小料理フミ〉の板長ヨシトなら、希望を叶えてくれるに違いない。山際の話が気にならなくはないが、それよりも旨《うま》いものが食べられるというほうが勝ってしまう。いくぶん足取りを軽くして自宅に戻った。

4

大型の台風が近づいているせいか、先斗町に店を構える〈小料理フミ〉の暖簾《のれん》がバサバサと風にはためいている。

引き戸を開けて店に入ると、いつものようにフミさんが丸い笑顔で迎えてくれた。

カウンター席はすべて埋まっていて、どこにも山際の姿がない。

「今日はそちらのお席で」

フミさんが手のひらを向けた先には戸襖《とぶすま》があった。

幾度となく通った、お手洗いへと続く通路に戸襖があるのは知っていたが、倉庫か事務室だとばかり思っていた。

「突然呼び出して悪かったな」

戸襖を開けて山際が顔を覗かせた。

大学にいるときは決まってグレーのスーツ姿だが、こういう店では和服で通すのが山際流のようだ。着物の知識が乏しいので、よく分からないが、凛《りん》として見えるのは、きっと上等の和服だからなのだろう。

「フミさんの店にこんな客席があるとは思いませんでしたよ」

戸襖の奥には四畳半ほどの座敷があり、掘りごたつになっていた。

「隠し部屋とでも言うのか、ふだんはほとんど使ってないらしい。料理を運んでくるのにタイムラグができるので、ヨシトが嫌がる。よほどのときでないと使用許可が出ないんだ。料理も酒もすべてフミさんにまかせるというのが、この部屋の決まりなんだよ。苦手な食いものとかはなかったよな」

そう言って、山際は戸襖の間から顔を出し、フミさんに合図を送った。

「ええ。なんでも美味しくいただきます。しかしおもしろいシステムですね。カウンター席に座ったのに、すべておまかせっていう、流行《はや》りの割烹《かっぽう》方式は苦手ですが、この小部屋なら、おまかせでいいです。何が出てくるのかも愉しみですし」

小さな部屋だが、ちゃんと床の間もあり、山水画の掛け軸がかかり、白磁の花瓶には秋らしい楚々《そそ》とした草花が生けられている。

「ようこそ、おこしやしとくれやした。行き届かんことがある思いますけど、誰も邪魔しまへんさかい、ゆっくりしとぅくれやす。お酒とお料理も置いときますよって、好きにしてもろたらよろしおす。なんぞご用があったら、その鈴を振っとぉくれやすか」

山際の横に四合瓶を置いたフミさんが、黒漆の座敷机に料理を並べる。

染付の大皿には前菜が盛られ、織部《おりべ》の角皿には白身魚の薄造りが並んでいる。炊き合わせが入った信楽の小鉢、鴨ロースの載った唐津の丸皿と、座敷机の上はほぼ料理で埋め尽くされた。

「ほな、あとはよろしゅうに」

座敷机の端に、小さな真鍮《しんちゅう》の鈴を置いて、フミさんが下がっていった。

「とりあえずビールといきたいところだが、この席ではビールを出してくれないんだ。ヨシトのこだわりってヤツらしい」

四合瓶を手にした山際が、ふたつの蕎麦猪口《そばちょこ》にたっぷりと酒を注《つ》いだ。着物のたもとを片手で押さえながら、酒瓶を片手で傾ける仕草は、なんとも豪快で男振りが上がる。

「今夜はよろしくお願いします」

猪口を合わせ、山際とふたりだけの会食がはじまった。

今日の昼も和食だったが、店によって内容がまったく違うのも日本料理の奥深さなのだろう。前菜の盛り合わせは見ているだけでも愉しい。

青竹の串に刺した団子は、鶏《とり》のつくね、うずら玉子、小海老真蒸《こえびしんじょ》の三種。鮎《あゆ》の風干し、ローストビーフ、鰺《あじ》の胡麻揚《ごまあ》げ、生麩《なまふ》の田楽、鯖《さば》の燻製《くんせい》、出汁《だし》巻き玉子と、このひと皿だけで四合くらいは軽く飲めそうだ。

「京都暮らしにもだいぶ慣れてきたようだね」

山際が食べ終えた串を皿に置いた。

「おかげさまで、少しは京都人の仲間入りができるようになりました」

「それは何よりだ」

短いやり取りのあと、しばらく沈黙が続いた。どうやら山際は話を切りだすタイミングをはかっているようだ。

こちらから水を向けるべきなのか、相手にまかせるべきか、この場ではどちらがいいのか、京都経験一年のわたしには分からない。

もう少し酔いが回ってから、本題に入ったほうがいいと山際は思っているかもしれないが、どんな話なのか、こっちはそれが気になって、なかなか酔うには至らない。

前菜をつまんだあと、山際は白身の薄造りを三枚ほど重ね、ポン酢をくぐらせて口に入れた。

ほとんど空になっていた山際の猪口に、ゆっくりと酒を注ぐと、表情が少しばかり変化した。

「葵のことなんだがね」

山際が話を切りだした。やはり今夜は葵のことを話すために誘ってきたのだ。

「葵がどうかしましたか」

何も気付いていないふりをして山際の話の続きを待った。

「カールはウソがつけない人間だということを、わたしはよくよく知っている。勘がいいということも知っている。葵の変化に気付いていないわけがない。ということで話を進めてもいいかな」

「学部長には敵いません。つまらん小細工をして申しわけありませんでした」

素直に認めてあやまるしかなかった。

「わたしが余計なことをしたばっかりに、おかしな方向に話が進んでしまってね」

山際が鈴を振って、軽やかな音色を響かせた。

「続きのお酒どすか？」

少しばかり間を置いて、フミさんが戸襖を開けた。

「よろしく頼む」

「かしこまりました」

いつになく神妙な顔つきを残して、フミさんが戸襖を閉めた。

「余計なことと言いますと？」

話の続きをうながした。

「三回生の栗原直人が会いたいと言ってきてね。同じ方角なので、大学から一緒に地下鉄で帰ることにしたんだよ。隣り合って座ると彼が栗原家のルーツを話しだした。わたしは、栗原家といえば、てっきり戦国時代の甲斐国《かいのくに》の国衆《くにしゅう》で、武田《たけだ》氏の支族だと思っていたので、栗原にそう言ったんだよ。先祖は甲斐国から鹿児島に渡って行ったんじゃないかと」

英国でもそうだが、日本の苗字《みょうじ》にはさまざまなルーツがあって、地域による偏りもあるようだ。栗原姓が武田氏の支族に多いというのは今初めて聞いたが、そうだとすれば、栗原の実家が鹿児島の錦江町だということに山際が疑問を持つのも分からなくはない。些細《ささい》なことにこだわる男なのだ。そしてその疑問を解決するプロセスで、多くの発見をしてきた文学者でもある。

「話し始めてすぐに、栗原の顔色が変わりはじめたんだ。明らかにいつもの栗原とは違う。いつもは饒舌《じょうぜつ》なのに、急に黙りこくってしまった」

それほど長い付き合いではないが、少しはわたしも栗原の性格は分かっている。少し黙っていてくれないか、と言いたくなるほどの男だ。

「お待たせしました。このあとおでんを用意してますんで、それにもよう合うお酒やそうですわ」

フミさんが持って来たのはにごり酒の四合瓶と、赤い切子のグラスだ。

「おでんはもう少しあとにしてくれるかな」

山際が目を向けた座敷机の上には、まだたくさん料理が残った皿が並んでいる。にごり酒の封を切って、ふたつのグラスに注いだ。

「かしこまりました」

うやうやしく頭を下げたフミさんが、そろりと戸襖を閉めた。

「とても地下鉄のなかで話せるようなことではないので、次の駅で降りてくれないかと言うんだ。特に急いでいるわけではないから、どこか喫茶店でも行こうかと言ったら、駅のホームのベンチがいいと言うんだよ。しかたがないから市役所前駅で降りて、一番端っこのベンチに腰かけて話を聞いた」

山際と栗原がホームのベンチに並んで腰かけているところを想像すると、笑ってしまいそうになったが、なんとか踏みとどまって、話の続きを聞いた。

「あの栗原が身を縮めて、おどおどしているんだ。そして人目を避けるようにしてリュックサックから取りだしたのがこれだ」

山際がスマートフォンの画面をこちらに向けた。

筆文字がびっしりと並んでいる。画面が小さくてよく見えないが、相当古いものであることは分かる。日本文学を研究している身としては恥ずかしい限りだが、半分ほどしか読めない。

「錦江町の栗原の実家の近くに〈天竹院《てんちくいん》〉という、栗原家の菩提寺《ぼだいじ》があって、ある時そこの住職から過去帳を見せられたんだそうだ。そこには驚くべきものが残されていたと、栗原が顔を真っ赤にしてこれを見せた。それがこの覚書なんだが、カールはどう思うかね」

「恥ずかしながら、何が書いてあるのかよく分かりません。最近は老眼が進んでしまっていて」

眉頭を指で押さえると、山際がブリーフケースから書類を取りだした。

「これがそのコピーなんだが、読んでみると、俄《にわ》かには信じられないことが書いてある」

四つ折りにしてあった、A4サイズのコピー用紙を山際が開いてみせて話を続ける。

おそらく何度も開いたり閉じたりしたのだろう。紙の折り目が破れかけている。

「覚書に署名したのは九条道家《みちいえ》と栗原教宣《のりのぶ》。栗原はともかく、九条道家は実在の人物だ。日付は建保《けんぽう》七年七月七日と記されているのだが、問題はその内容だ」

そう言って山際が指さすのだが、なんとなく分かるという程度で、きちんと読めないのが悔しい限りである。

「之《これ》より八百年後に、九条と栗原両家の子孫が出会い、固い契りを結べば、以後の両家は安泰。しかし、縁に出会っても、縁を結ばなければ、末代までの祟《たた》りがある。ざっと、そんなふうなことが書かれている」

表情を険しくして、山際が切子のグラスを一気に傾けた。

山際の言うとおり、信じがたい内容の覚書だ。なんのために、どんな意味を込めて交わしたのかも分からないが、そもそも予言のような覚書を残すものだろうか。

「これがその時代に書かれたものだということは証明されたのですか？」

「正式に鑑定したわけではないが、これまでの経験からすると、おそらく本物だと思う」

にごり酒を飲みほして、山際が眉をひそめながら腕組みをした。

なんとか覚書なるものの内容は理解できたが、それがどういう意味を持つのかがまだ分からない。

栗原家と九条家の八百年後……。

「建保七年は西暦に直すと一二一九年。その八百年後といえば二〇一九年だ。あまりにも符合し過ぎているから、信じられなかったのだよ」

山際の言葉に、やっとこの覚書が重大な意味を持っていることに気付いた。

覚書にある、八百年後の両家の子孫の出会いとは、栗原直人と九条葵のことを指すことになるのだ。

バカげたことだと一笑に付すのは簡単なことだが、日本の古文書の第一人者とも言える山際が真剣に取り合っているのだから、悪い冗談で済ますこともできないし、当然だが栗原がねつ造した偽物でもないのだろう。

「栗原はこれを葵に見せたらしい」

そういうことだったのか。

尋常ならざる葵の様子は、わたしではなく、これが原因だと分かって、少しばかりホッとしたが、また別の悩みが生じた。そしてこっちのほうが、はるかに深刻な問題なのである。

「さぞ葵も驚いたことでしょうな。栗原は葵にどんなふうに言ってこれを見せたのか、学部長はご存じなのですか？」

「あの生真面目な栗原だから、完全にこの内容を信じ込んでしまっていて、葵と一緒にならないと、両家が不幸になると力説したようなんだ」

「やはりそうでしたか。あの栗原ならそう言うでしょうな。可哀《かわい》そうに葵も戸惑っているでしょう」

「相談された葵には、信じるに足らんもんだと言っておいたのだが、気にするなというほうが無理というものだ。まだ親にも言えずにひとりで悩んでいる」

「わたしに相談してくれればよかったのに。と言っても、わたしでは何の役にも立たないでしょうが」

いくらか甘いはずの、にごり酒も苦く感じてしまう。

山際が鈴を振った。

「おでんをお持ちしたらよろしいか」

フミさんが戸襖のすき間から顔を覗かせると、山際が黙ってうなずいた。

戸襖が閉まると、重苦しい空気が小部屋に充満した。

それにしても、山際は答えの出ない話をするために、今夜わたしを誘ったのだろうか。

覚書なるものをもとにして栗原は、葵との交際、結婚を迫っている。話は分かったが、わたしにはどうする術《すべ》もないではないか。

「こういうことを因果というのだろうね。山際淳一という、古文書の真贋《しんがん》を判断する立場からすれば、白黒はっきり付けないといけないのだが、姪《めい》の一生を左右するということを考えれば、できれば曖昧に済ませたい気持ちだ」

山際が額のしわを深くした。

「とても難しい問題ですね。わたしが学部長の立場だったとしても、同じように悩むと思います」

戸襖が静かに開いた。

「おでんお持ちしましたけど、お酒のほうは足りてますかいな」

フミさんが小さな土鍋を運んできた。わらで編んだ鍋敷きを座敷机のまん中に敷き、その上にそろりと土鍋を置いた。

土鍋のなかには、大根、厚揚げ、糸こんにゃく、ごぼてん、玉子とオーソドックスなおでんが入っている。

「変わり種もいいが、昔ながらのネタだとホッとするな」

山際が大根を皿に取り、小鉢に入った辛子《からし》をたっぷりと塗りつけた。

わたしは厚揚げと糸こんにゃくを皿に取った。

なんとしても葵と契りを結ばねばならない。きっと栗原はそう思いこんでいる。それは小野小町の言葉を信じて、百夜通いつめた深草少将と同じではないのか。妄信か盲信か、いずれにせよ葵を追い詰めることになるのは間違いない。そこへ救いの手を差し伸べるにしても、そのやり方すら分からないのが、なんとももどかしい限りだ。

「話がそこで終われば、わたしの胸三寸に納めることもできたのだが、そうもいかなくなったんだよ」

真顔になって山際が座りなおした。

どうやらここまでの話は前振りに過ぎなかったようだ。

「まだ続きがあるのですか」

わたしも同じように姿勢をただした。

「さっきの覚書は栗原家に伝わっていたもので、それが本物だったとしても、客観性には乏しいと思っていた。栗原教宣なる人物が勝手に書いたものかもしれないし、少なくとも九条道家がこの覚書なるものに、直接関わったという証拠は何ひとつない。もっと言えば、そのふたりが酒席の戯《ざ》れ言として書いたものだとも言えるわけで、そうなれば歴史的な資料としての価値も無いに等しいのだよ。カールもそう思うだろ？」

「はい。おっしゃるとおりです。栗原家の一方的な話だとすれば、取るに足らないものです」

山際の期待どおりに答えた。

「だよな。そこで終わっていてくれればよかったんだ」

にごり酒に口を付けてから、小さく山際が舌打ちした。

悔しげな山際の表情から、何を読み取ればいいのか。あれこれと思いを巡らせたが、結局何も思い浮かばず、話の続きを待つしかなかった。

「一般的に九条家の菩提寺といえば『東福寺』なのだが、門跡《もんぜき》寺院となった『随心院』にも九条家の人間が多く入寺している。二十四世の増孝《ぞうこう》は九条家の出で、本堂再建に尽力したくらいだからね」

九条家と『随心院』のあいだにそんな結びつきがあったとは、まったく知らなかった。まさか葵がそれを知らないはずがない。つまりはそのこともあって、今日わたしを『随心院』に連れて行ったということなのか。

だとすれば、葵は百夜通いと自分とを重ねていて、それをわたしに伝えようとしていたのかもしれない。

「少し前の話だが、その『随心院』ゆかりの、ある人物が、君もよく知っている〈竹林洞書房〉の川嶌葉子のところへ持ち込んだものがあってね。それを見て欲しいと葉子から頼まれていたことを、ふと思いだしたんだよ」

山際の口調が変わった。明らかに言葉を選びながら話すようになったのだ。よほど重い話なのだろう。

「少しカビが生えた、古い文庫行李《ごうり》にぎっしりと文書が詰まっていて、九条家だけではなく、一条家や二条家ゆかりの記録や消息が無造作に入っていた。それを持ち込んだ人物か、寺方の誰かによるものかは分からない。分類して糸で綴《と》じてあるものが殆《ほとん》どだが、なかには丁寧にたとう紙に包まれているものもあった。そのひとつがこれなんだよ」

山際が掘りごたつの足元からブリーフケースを取り、その中から、変色したたとう紙を出して机の上に置いた。

今のサイズでいうならA3とA4の中間くらいの大きさで、紐《ひも》で綴じた合わせ目には朱の落款が押されている。

「かなり古いもののようですね」

「このたとう紙そのものは百数十年ほどしか経《た》ってないだろうが、なかに入っているのは、八百年前のものだ」

慎重に紐をほどいて、山際がなかを見せた。

「これは……」

思わず息を呑《の》んだ。

「筆跡は違うが、書いてあることは、さっきの覚書とまったく同じだ」

たとう紙の横にコピーを並べて、山際が大きなため息をついた。

たしかに筆跡は異なるものの、書かれている文字はまったく同じなのだ。これが九条家の菩提寺のひとつである『随心院』から出たものだとするなら、この覚書は九条家にも伝わっていたことになる。

「このことは葉子さんもご存じなのでしょうか？」

「いや、川嶌葉子は中身は見ていないと言っていたから知らないはずだ」

「ということは、学部長しか知らないと？」

「これを〈竹林洞書房〉に持ち込んだ人物を含めて、『随心院』の関係者、九条家の誰かが知っている可能性もなくはないが、中身までは承知していないだろうと思う」

山際は切子のグラスを手にしたままで、口を付けようとはしない。

「たとう紙に押された落款は誰の？」

「最後の藤氏長者と言われる九条道孝《みちたか》だ。さっきこのたとう紙が百数十年ほど前のものだと言ったのは、道孝がその時代の人物だからなんだよ」

「九条家直系の末裔が落款を押したということは、これが本物だという証明になりますね」

山際は黙って首を縦に振った。

八百年も前に、こんな覚書を交わしたというのも驚きだが、それが今も残っているということに不思議な感動を覚える。

「偶然の重なりとも言えるが、見つかるべくして見つかったというふうにも言える」

「このことを葵には？」

「言うわけないだろう。葵の気性を考えれば、この存在を知った暁には、きっと覚悟を決めるに違いない」

山際の言うとおりだ。

栗原家の一方的な話だけならまだしも、九条家にも同じ覚書が伝わっていたとなれば、心中穏やかでいられるはずがない。九条家の将来のために、葵なら自ら人身御供《ひとみごくう》を買って出ることも充分あり得る。

「それにしても、なぜこんな理不尽な覚書を両家は交わしたのでしょう。後世の人間に迷惑が掛かるとは思わなかったのでしょうか」

ふつふつと怒りが込み上げてきた。

「この建保七年という時代を思い浮かべれば、分からなくもない。一二一九年のあとはどんなことが日本で起こった？」

まるで口頭試問のような口調で、山際が問いかけ、わたしは必死になって頭のなかで年表を繰った。

「おなじ年に源実朝が殺害されていて、二年後の一二二一年には承久の乱が勃発し、日本で初めて朝廷と武家政権が武力衝突することになったんですよね」

「そのとおり。つまり、そういう不穏な空気が満ち始めていたころなんだ。武家の栗原家はともかく、公家の九条家は滅ぼされてしまうかもしれない。そんな危惧を抱いてもおかしくない時代だから、八百年後というような、とんでもない将来に夢を託したのだろう」

なるほど、と思わなくもないが、そのおかげで葵の一生が翻弄されるなど、理不尽もはなはだしい。

しかし一方で、八百年も前にふたつの家で交わした覚書が今に伝わっているとなれば、歴史上の価値は決して低くない。

「学部長はこれをどうされるおつもりですか？」

直球で問いかけてみた。

「わたしが持っている以上、世間に知らさないわけにはいかない。それほど重要な資料だと思っている。だが、わたしの手になければ、あずかり知らぬことだ」

山際が何を言っているのか、しばらくその意味が分からなかった。

「カールにこれを託そうと思っているのだが、受けてくれるかね」

座敷机の上を滑らせて、たとう紙をわたしの前に置いた。

「わ、わたしにこれを……ですか？」

青天の霹靂《へきれき》とは、こういうときに使っていい言葉だったか。

「カールの判断にゆだねたいんだよ。卑怯《ひきょう》だと思われるだろう。逃げたと思われても仕方ないのだが」

山際が顔のしわを、よりいっそう深くした。

火の粉が飛んできた。まさにそんな感じだ。たしかに、うまく逃げられた、とも言える。

頭のなかが真っ白になった。

何も答えないわたしを、山際はじっと凝視し、視線を外さずにいる。

「分かりました。と言わないと帰してもらえそうにないですね」

「ありがとう。あとは本当にカールの判断にまかせる。どんな結果を出そうとも決して文句は言わん」

座敷机に両手をついて、山際が深々と頭を下げた。

「たしかにおあずかりします」

この先どうするか思いつかないまま覚書をあずかったのは、ただただ葵の心情を慮《おもんぱか》ってのことだ。

ふたりとも酔いが覚めてしまったので、カウンター席に移って飲み直すことにした。山際はホッとして、わたしは自棄《やけ》になって、そのあとは浴びるように呑んだ。

いつもなら記憶をなくすほどに酔っているはずなのだが、不思議と意識ははっきりしている。タクシーを降りるときに、忘れものがないか、しっかりたしかめたくらいだ。

ぼんやりと灯《とも》る街灯の明かりに浮かんでいる姿は、どうやら栗原のようだ。いつものジャージ姿と違って、めずらしくジャケットを羽織っている。覚書の入ったバッグを思わず胸に抱いた。

「あがっていきなさい」

「いえ。こんな時間ですから、ここでいいです」

栗原が遠慮がちにうつむいた。

「話があるんだろう？」

キーホルダーを手にした。

「……」

栗原は口を開こうとして、しばらくためらっている。

「いいから、なかに入りなさい」

玄関の鍵を開けて引き戸をガラガラと引くと、栗原はしぶしぶといったふうになかへ入った。

「九条葵のことなのですが……」

立ったままで栗原が話を切りだした。

「葵がどうかしたのか」

覚書のことなどまったく知らないふうを装った。

「実はぼくと葵は……」

言いかけて、栗原はまた口をつぐんでしまった。

さて、どうしたものか。わたしから話を切りだすのも悪くはないが、ここは栗原の思いを先に聞いたほうがいいだろう。そう思って待つのだが、一向に栗原の口は開かない。狭い玄関先でふたりが突っ立ったまま、無言でいるのも妙な光景だ。

もしも栗原に迷いがなければ、一気に事情を話すはずだ。そうしないということは迷っている証左だろう。

「きみはギャンブルは好きかね」

「は？　賭け事はいっさいやりません」

栗原が即答した。

「わたしも日本に来てからは、いっさいギャンブルはしなくなったが、わたしの国では、なにかというと賭けるんだ」

「はい。存じております」

栗原は怪訝《けげん》な顔つきで、わたしがなにを言おうとしているかを探っているようだ。

「わたしが結婚したときも、生まれてくる子どもが男か女か、友人たちが賭けていたんだよ。わたしも賭けに加わって、男の子に賭けた」

「教授の願望だったのですね」

「ああ。で、わたしは勝ったか負けたか、どっちだと思うかね」

「さぁ、どっちでしょう。教授の願いが叶って勝った、と思いますが」

栗原がわたしの顔色を窺《うかが》った。

「実はまだ分からないんだよ。子どもが生まれていないからね。もうこの歳だから、実質的にはノーゲームってことさ」

「そうだったのですか」

栗原は意外そうな顔をわたしに向けた。

「これからきみが誰かと結婚するとして、子どもが男か女か、賭けてみないか」

「まだ結婚もしていないのに、子どもが男か女かなんて分かるわけありませんよ。無茶言わないでください」

「賭けに勝って晩飯の一度でもご馳走してもらおうかと思ったが、残念ながらきみの言うとおりだ。人間なんて一分先のことも分からんもんさ。ましてや何百年も先のことなど、誰が予測できるものか」

精いっぱいの力を込めて、栗原の目をまっすぐに見つめた。

「……」

無言でこぶしを握りしめた栗原は、わたしの目を見返すこともなく、両肩をすとんと落とした。

「運命だのなんだのと言ったって、しょせんは戯れ言だ。そんなものにもてあそばれる人生なんて、迷惑以外のなにものでもない」

きっぱりそう言い切ると、栗原は頭をさげて引き戸に手を掛けた。

「こんな時間におさわがせしました」

「一杯飲んでいかんかね」

「いえ。今夜はこれで失礼します」

勢いよく引き戸を開けて、栗原は足早に去って行った。

5

今にも降りだしそうな、重い雲が空を覆っていて、風は強く吹いている。

「めったに京都には来ぃひんのどすけど、今度の台風はんは来はりそうどすなぁ」

茶を点てながら、葵が風に揺れる木々に目を遣《や》った。

デニム地のスカートに白いシャツという、いつもの出《い》で立《た》ちだが、久しぶりに見るような気もする。

「こんな普請だから心配になるよ。建付けも悪いから音もするし」

わずかな雨音も屋根に響き、少しの風も窓を揺らす。自然の趣きを感じられるといえば聞こえはいいのだが。

「夕べはどなたとご一緒やったんどす？　えらいようけ飲まはったみたいで、おうちのなかがお酒屋はんみたいどっせ」

記憶をなくすほど飲んだが、不思議と二日酔いはしていない。ただアルコールはまだ残っているのだろう。自分でも息が酒臭く感じる。

「秘密の飲み会さ」

「どちらのべっぴんさんか知りまへんけど、火傷《やけど》しはらんように、気ぃつけとぉくれやすな」

縁側に座るわたしの前に葵が置いたのは、織部の抹茶碗だ。

「さっきの菓子はどこのものだね」

抹茶碗を手のひらに載せた。

「『鍵善良房《かぎぜんよしふさ》』はんの〈野分《のわき》〉どす。美味しおしたやろ」

葵が釜の前に座った。

「あの葛切りの旨い店だね。上品な味だったよ。見た目も美しいし」

野分とは今でいう台風のことだ。そんな銘を付ける店も風雅だが、今日の日にそれを選んでくる葵もさすがだ。

風がいっそう強くなったのか、玄関の戸がガタガタと音を立てている。

「猫ちゃんですやろか？」

葵が立ちあがって玄関に向かった。

近頃の日本は、にわかに猫ブームが到来していて、京都にもその波は押し寄せている。そのせいかどうか、ときたま我が家の庭にも黒猫がやってくる。まさか玄関から訪ねてくるとは思えないのだが。

「郵便屋はんどしたわ」

葵が郵便物の束をわたしの前に置いた。

証券会社のダイレクトメール、出版社の振込通知書、リゾートクラブの入会案内などに交じって、和紙の封書が一通届いている。差出人を見ると栗原直人とある。

「どうぞ」

葵がはさみを差しだした。

急いで封を切ると、手すき和紙の便せんが二枚入っている。あわてて広げると、武骨な筆文字で三行したためてあった。

――訳あって京都を離れます。お世話になりました。お元気で――

三度繰り返して黙読し、その意を探ったが、行間に深い意味が隠れているようには読めない。もう一枚の便せんは白紙だ。どうやら文面どおりに受け取ってよさそうだ。

「栗原からだ」

差しだすと、葵は怪訝な顔つきで受け取った。

便せんを取りだした葵は、三行を目で追い、それを二度繰り返し、複雑な表情を浮かべながら封筒に戻した。

葵と縁を結ぶことに執着していたはずの栗原が、なぜ急に京都を離れることにしたのか。その訳を葵は知っているのだろうか。

山際の深刻な表情はいったい何だったのだ。バトンを渡されて思い悩んだ時間が肩透かしに終わったことを、素直に安堵《あんど》していいものなのか。

「今朝はどちらかにお出かけやったんどすか？」

何ごともなかったかのように、柄杓を手にした葵が釜に水を差した。

「ちょっと『盧山寺《ろざんじ》』に行ってきたのだが、どうして分かったんだ？」

「お履き物に土が付いてましたさかい」

さらりと葵が答えた。

「あの寺にお堂がある元三大師《がんざんだいし》はおみくじの元祖だそうだ。ちょっと迷っていることがあったので、おみくじに頼ってみたんだ」

音を立てて抹茶を飲みきった。

「せんせでも迷わはることがあるんどすか。それでどないどした？　迷うてはったことに答えは出ましたん？」

葵が正座したまま、両ひざをわたしに向けた。

「いろいろ書いてあるけど、わたしの迷いを吹っ切ってくれたのはここだよ。沈黙は金」

作務衣《さむえ》のポケットからおみくじを出すと、急いで立ち上がった葵がそれを手に取った。

「九十六番大吉。よろしおしたやん。待ち人来たる。金運よし。ええことばっかりですやんか」

屈託のない笑顔を葵が浮かべるのは、しばらくなかったように記憶する。

庭の隅に植えた萩《はぎ》の花が色付いてきたが、台風で花を落とさないか気になる。

「うちはおみくじやとか、そんなんには、もう頼らんことにしました。神さんにもご先祖さんにも、うちの運命まで決めてもらわんでもええ。うちが決めるんや。今はそう思うてます」

葵は織部の抹茶碗を拭いながら、吹っ切ったような澄んだ笑顔をわたしに向けてから続ける。

「もう一服いかがどす？」

「ちょうだいいたします」

うやうやしく頭を下げた。

何度も繰り返してきて、見慣れた光景だが今朝は少し違う。

運命という言葉のもとに、あやうく人生を翻弄されかけた葵の胸には、今どんな思いが渦巻いているのか。

それはしかし、ひとり葵だけのことではなく、この街に暮らす人々が通ってきた道なのかもしれない。

何もかもが偶然のできごとのように見えて、実はすべてが仕組まれた作りごと、はかりごとのようにも思えてしまう。

庭の片隅に目をやると、青々とした椿《つばき》の葉が風に揺れている。半年ほど前に比べれば、いくらか背丈が高くなってきたようだ。

そう言えばこの白椿には〈小督〉という名が付いていた。

時の帝に見初められたかと思えば、宮中を追われたり戻ったりを繰り返し、内親王を産んだあとには出家してしまう。なんとも可哀そうな話ではないか。

小督はまさに運命に翻弄された女性だが、予言めいた覚書のおかげで、葵もそんな目に遭うことになっていたかもしれない。

きっと京の都では、運命という名のもとに、そんな悲話が繰り返されてきたに違いない。

大粒の雨が小屋根の瓦を打ちはじめた。

それを合図とするかのように、畳に指をそろえた葵は、そっと茶筅を置いた。

《初出》
第一話　宗旦狐　「STORY BOX」2018年4月号
第二話　鐵輪の井　「STORY BOX」2018年5月号
第三話　六道の辻　「STORY BOX」2018年7月号
第四話　嵯峨野の竹林　「STORY BOX」2018年8月号
第五話　おかめ伝説　「STORY BOX」2018年9月号
第六話　百夜通い　「STORY BOX」2018年10月号

※本作品はフィクションであり、
登場する人物・団体・事件等はすべて架空のものです。

教場2

長岡弘樹

その警察学校には、鬼がいる。厳格な規律の下、過酷な訓練を強いられる警察学校初任課第百期短期課程の学生たちは、すべてを見通す異色の白髪教官・風間公親の教育に、翻弄されながらも心酔し、覚醒してゆく。

起終点駅《ターミナル》

桜木紫乃

果ての街・北海道釧路。ひっそりと暮らす弁護士・鷲田完治。ひとり、法廷に立つ被告・椎名敦子。それは運命の出会いだった——。北海道各地を舞台に、現代人の孤独とその先にある光を描いた短編集。桜木紫乃原作、初の映画化！

霧《ウラル》

桜木紫乃

国境の町・根室の河之辺水産社長には、三人の娘がいた。長女智鶴は政界入りを目指す運輸会社の御曹司に嫁ぎ、次女珠生は相羽組組長の妻となり、三女早苗は金貸しの次男を養子にして実家を継ぐことになっていた。

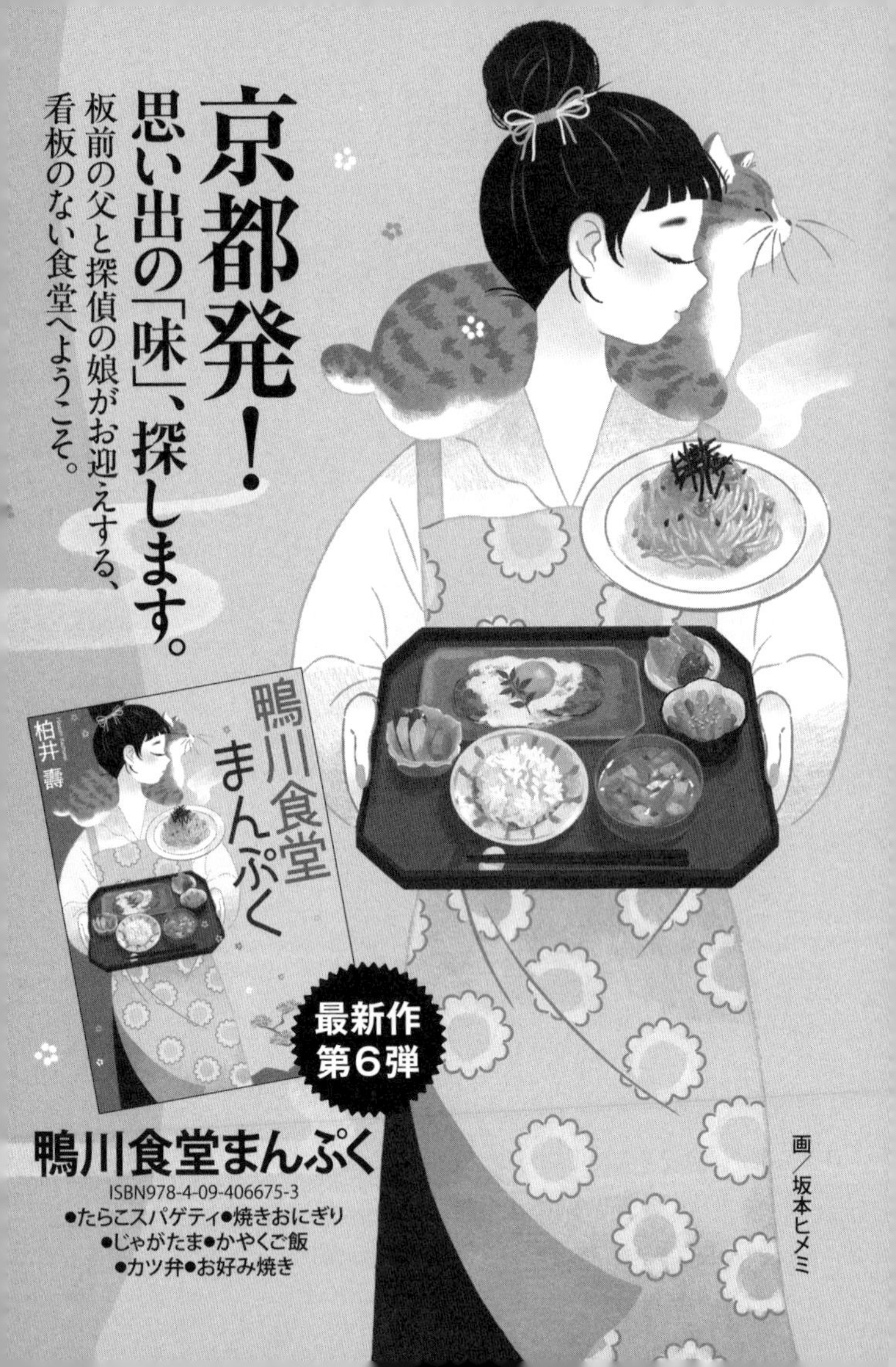
京都発！
思い出の「味」、探します。
板前の父と探偵の娘がお迎えする、
看板のない食堂へようこそ。
鴨川食堂まんぷく
柏井 壽
最新作
第6弾
鴨川食堂まんぷく
ISBN978-4-09-406675-3
●たらこスパゲティ●焼きおにぎり
●じゃがたま●かやくご飯
●カツ弁●お好み焼き
画／坂本ヒメミ

―本書のプロフィール―

本書は、小学館文庫のためのオリジナル作品です。

小学館文庫

カール・エビス教授《きょうじゅ》のあやかし京都見聞録《きょうとけんぶんろく》

著者　柏井　壽《かしわいひさし》

二〇一九年八月十一日　初版第一刷発行

発行人　飯田昌宏
発行所　株式会社 小学館
〒一〇一-八〇〇一
東京都千代田区一ツ橋二-三-一
電話　編集〇三-三二三〇-五九五九
販売〇三-五二八一-三五五五
印刷所 ――――― 図書印刷株式会社

この文庫の詳しい内容はインターネットで24時間ご覧になれます。
小学館公式ホームページ　http://www.shogakukan.co.jp

ISBN978-4-09-406676-0